村木美涼

冷蔵庫のように孤独に

早川書房

冷蔵庫のように孤独に

目次

前奏

「全部、わたしが都合よく見た幻だったのかもしれない」
その人はあの日、とても悲しい顔で言った。
わたしは何も出来ないまま、ただ見つめているだけだった。
夏の庭はとても鮮やかで、赤やオレンジの花が、あちらこちらで揺れていた。
でもその庭を、もう訪ねることは出来なかったのだ。
ピアノが始まりだった。
鮮烈な音は、深い深い孤独を経て生まれたものだった。
どんなに憧れても、同じ音を奏でることは出来なかったのだ。
それでもわたしは、あれからずっとピアノを弾いている。
あなたらしく。
優しい言葉を頼りに、わたしの音を、ずっと探し続けている。

ギャラリー「Anything Goes」

間違いでも冗談でもないとようやく納得して、わたしはその引き戸に手をかけた。

どう見ても銭湯なのだ。「星の湯」という、何ともロマンチックな看板だって掲げられている。でもこの建物は今、ギャラリーとして機能しているはずだ。

ギャラリー。

美術品を展示して販売する場所。ときには、何億円もの取引が成立することさえあるらしい。

でもそれはきっと、どこから見ても「ギャラリー」という建物で起こることであって、この、どこから見ても「銭湯」という建物で起こることではないのだろう。

引き戸の外に出された小さな立て看板には、ギャラリー「Anything Goes」と確かにあった。

その名前だけは先に聞いていたのだ。どんな意味かと尋ねると、「なんでもあり」と彼は答えて、何かを思い出したように吹き出していた。「来てみればわかるから」、そうも言っていた。わたしは首を傾げたが、「じゃあ待ってるから」と、電話は切れてしまったのだ。

「銭湯の中にギャラリーが展示されてるのかな?」

一人モソモソとつぶやきながら、入り口の引き戸を開けた。

木製の桟に曇りガラスの入った「星の湯」の入り口は、もちろん自動ドアなどではない。ガラガラと音がする。同時に、紺地に白抜きで「ゆ」と書かれた暖簾《のれん》をくぐらなければならない。入ってすぐ左は「番台」。でも誰もいない。靴脱ぎの先には狭い待合室のような空間があって、その奥に、「男湯」、「女湯」とそれぞれ書かれた入り口が並んでいる。でもそこにも誰もいない。午後七時過ぎ。銭湯なら混み合っている時間だろうが、ここは銭湯ではなくギャラリーだ。しかも準備中で、展覧会が始まるのは三日も先で、この時間に誰かいるとすれば、ギャラリーのオーナーか、もしくは会場設営に関わる作業員くらいだろう。

その作業員に、わたしは会いに来たのだ。

いや、正確に言えば、作業員ではなく照明コンサルタントだ。展覧会を担当している照明コンサルタントにお願いして、会場の準備作業を見学に来た。純粋に興味があった。絵や写真の展覧会にぶらりと行く機会はあっても、会場設営を見る機会などまずない。いったい何が行われているのか、どんな雰囲気なのか、好奇心を刺激された。

「あと5ミリライトの角度を動かしたらどうなるかとか、10ルクス落とすにはどのくらい離すかとか、そんなことばっかりだけど」

ルクスはよくわからないが、それでも見てみたいと思った。彼が行う微調整でどんなふうに見え方が変わっていくのか、実際に見て、知りたいと思った。それはきっと、これまで触れたこともない世界のはずだ。

「オーナーの大山さんには話しておいたから、適当な時間に寄ってくれて構わないよ。病院出るときにメールくれれば、いるようにするから」

準備作業で忙しいはずなのに、彼は優しかった。「退屈だと思うよ」と言いながら、わたしのわがままを聞き入れてくれたのだ。

照明設計事務所で働く照明コンサルタント。

照明設計と言っても、照明器具そのものを作るわけではない。住居や店舗、イベント会場といった場所の、照明環境を設計するのが仕事だ。どこにどのくらい光を入れるのか、どんな種類の照明器具を持ち込むのか、そのあたりを、照明コンサルタントや照明士といった人間が、専門知識や感覚を元に作り出す。これまでは、建築設計事務所が行う仕事の一部だった。でも最近は少しずつ、照明部門だけに特化する事務所が増えているらしい。彼が勤務する事務所は、その先駆けということになる。照明士というのは、コンサルタントより一段階上の肩書で、彼は今そこを目指して勉強中だ。

知り合ったのは、わたしが勤務する総合病院の小児科。

診察に訪れる子どもたちの不安を少しでも軽くするため、小児科の診察室や検査室には様々な工夫がされている。でも、医療行為の邪魔にならないことが大前提なので、楽しんで過ごせる場所とはなかなか言えない。

もう少し何か工夫出来ないか。

予算の縛りもあるので、大掛かりな改修というわけにはもちろんいかない。今あるものを利用する形で、何かもっと出来ることはないだろうか。そんな話し合いの中で、照明を何とかしたいという意見があった。真っ白い壁に、LEDの人工的な真っ白い光。これだけでもかなりの圧迫感だ。ぬいぐるみを置いても絵本を置いても、どうしても冷ややかな印象が残ってしまい、家庭のリビングとは程遠い。とはいえ、無闇に暖色にすればいいというわけではない。子どもの顔色を正確に判断するという、医療目的が損なわれてしまうからだ。自分で症状を説明出来ない小さな子どもは特に、顔色が大きな判断材料になる。これを見誤るようでは、完全な本末転倒だ。どんな照明が理想なのか、一度専門家に相談してみようということになり、小児科部長の知り合いが数年前に立ち上げたという、照明設計事務所が選ばれた。これが彼の勤務先だった。

最初の打ち合わせに、事務所側からは所長の牧野という人物と、担当者として彼がやって来た。病院側からは小児科部長と看護師長、そして、診察室や検査室に一番長くいる看護師の代表として、わたしが出席した。

病院内を見学し、入院中の子どもたちの様子も見たあと、数日後に彼が提案したのは、驚くことに、光ではなく影を作り出すことだった。

影絵だ。

影絵アートというカテゴリーが生まれ始めていて、ホワイトキューブと呼ばれるような白くて四角い空間に、様々な影絵をアーティストたちは作り出している。実際の影絵アートも、動画でいくつか見せてもらったのだ。影絵というと、人形劇の親戚のようなものをつい想像してしまうが、全く違っていた。もっとずっと精密で、もっとずっと生き生きとしている。本当に人や動物がいて、その影が白い壁に映っているかのように。特殊なフィルムを透過させたものは、色も驚くほど多彩で鮮やかだ。

病院独特の真っ白い壁は、優秀なスクリーンになる。スイッチ一つで出したり消したり出来るので、実際に物を置く必要はない。投影装置が必要になるが、待合室や診察室内に映し出す程度の規模であれば、装置自体もあまり大きくはない。もちろんＬＥＤを使うので、電気代の心配もさほど要らない。

照明器具を取り換えることばかり考えていたわたしは、彼の説明に目を見開いた。

もちろん、小児科部長も看護師長も同じだった。

さっそく待合室に一つ、小さな影絵装置を置いてみることにしたのだ。

公園に立つ子どもがシャボン玉を作る影絵。公園と子どもは動かないが、色とりどりのシャボン玉は動き、大きさも変わっていく。切り抜きのある薄い金属板に光を当てているのだが、シャボン玉部分だけは回転しているからだ。光の強さはもちろん、壁との距離や角度をきちんと調整しないと上手く投影されない。投影装置は本当に小さなもので、そのすぐ手前に薄い金属板を置くことで、LEDの強い光源が、一メートル近くもある大きな子どもの姿を作り出す。それだけに、装置側の微調整は大変だ。そのあたりがもともと好きな彼だからこそ、思いついた影絵という発想だったのだろう。

出来合いの映像をただ映し出すのと違って、影絵の利点は、そこに子どもたちも参加出来るということだ。子ども用に木製の切り抜きもいくつか用意してあって、子どもたちはそれを手に持ち、動物や鳥を影絵に登場させることが出来る。

「同じ映像を見せるだけだと、何度も診察に来る子どもはすぐに飽きてしまうでしょうから」

照明設計というのはそこまで考えるのかと、彼の言葉に感心した。

照明コンサルタント、森本岳。

名刺をもらった。両親揃って大の登山好きで、おかげでつけられた名前なのだそうだ。以前はよく「森本岳《もりもとだけ》」とからかわれたが、三十歳になった今は、さすがに誰も言わないと笑っていた。

わたしが二十五歳だから、五歳違いということになる。病院で何度か顔を合わせるうちに、少しずつ雑談もするようになった。あるとき病院の食堂で一緒に昼食をということになり、そのときに、照明設計という仕事についていろいろ教えてもらった。照明環境を作るとは具体的にどういうことなのか、わたしは興味津々だったのだ。思いつくままにあれこれ質問をしたが、森本はその都度丁寧に、わかりやすく説明してくれた。話しやすい人だなと、そのときに感じた。こちらの話をまず聞いてくれる。自分のことを話すときも、押しつけがましいところは全くない。口数が多いとは言えないが、それでも質問には、穏やかな口調できちんと答えてくれる。

小児科病棟を見学したとき、ちょうど図工教室が開かれていて、森本は興味を持ったようだった。

病院自体がまだ新しいこともあって、少しでも過ごしやすい場になるよう、様々な試行錯誤が重ねられている。その一環で、小児科では時折、入院中の子どもたちのための教室が開かれている。図工教室や音楽教室といったもので、院内学級というほど正式なものではないが、自分の興味や体調と相談しながら、子どもたちは参加してくれる。その音楽教室で、時折ピアノを弾いていることをわたしは話した。小さい頃から習っていたので、子どもが好きそうな曲を選んで弾くぐらいなら何とか出来る。ちゃんとしたピアノではもちろんなくて、折りたたんで収納出来る小さな電子ピアノだが、それでも子どもたちは喜んで聴いてくれる。病院で弾くことになるとは思ってもいなかったと話すと、一度聴いてみたいと森本は言ってくれた。

待合室への影絵設置がようやく終わったとき、どこかで夕食をという話になった。

仕事が終われば当然、森本が病院にやって来ることはなくなる。ちょっと淋しくなるかな、そう思っていたところだったので、わたしは嬉しくなってすぐに頷いた。

それから二度ほど、仕事抜きで会う機会があった。二度目に会ったときに、友人が写真の個展を開くので、その照明を担当するのだと教えられた。

「小さなギャラリーなんだけどね」

事務所を通さないのでボランティアになるが、最初の個展では必ず照明を担当すると、ずいぶん前からの約束だったらしい。専門学校時代からの友人で、普段は印刷会社の専属カメラマンとして働いている。ゆくゆくはフォトグラファーとして独立したいが、その小さな一歩がようやく実現するのだ。写真パネルの搬入が終わってからになるので、会期直前の数日間で、慌ただしく照明の調節をすることになる。連日徹夜になりかねないが、森本としても嬉しいことなので、今から楽しみにしている。

ギャラリーでの展覧会。そのための照明設計。

聞いた途端、わたしは身を乗り出していた。どんな機材があって何をするのか、是非とも見てみたいと思ったのだ。

いよいよ作業が始まるというので、さっそく見せてもらうことになった。仕事を終えてから森本にメールをすると、「七時以降ならずっといます」とすぐに返信があった。病院前のバス停から路線バスに乗り、一番近いと思われるバス停で降りて、スマホの地図を頼りに教えてもらった住所にたどり着いた。大通りから外れた場所ではあったが、わかりにくいというほどではなかったのだ。

でも目の前にあるのは、「星の湯」という看板の掲げられた銭湯だった。

教えてくれた住所が間違っていたのだろうと、その場で確認のメールをしかけたのだ。そのとき、入り口わきに出ている小さな立て看板を見つけた。

ギャラリー「Anything Goes」。

建物前の植え込みには、笹がわさわさと繁っている。ギャラリー名とは裏腹に、見た目はとにかく「和風」だ。おそるおそる引き戸を開け、「ゆ」と書かれた紺色の暖簾をくぐると、「男湯」、「女湯」とそれぞれ書かれた扉が奥に見えた。戸惑いながら、靴を脱いで板の間に上がり、「女湯」を開けた。

そして息をのんだ。

扉の内側が、思ったよりもずっと広い空間だったからだ。

要するに、以前は女湯と男湯に分かれていたものが、一つの広い空間になっているのだ。以前あったはずの蛇口や鏡といったものは、全てなくなっている。もちろん湯船もなくて、床はずっと向こう側まで全面が板張りだ。天井が高いのはおそらく銭湯時代そのままで、斜めになった天井は一部分が、曇りガラスの入った天窓になっている。

薄暗いのではっきりとはわからないが、壁もおそらく板張りだろう。両側と奥と、三方向ある壁に窓はなく、そこに今は、大きなパネルが何枚もかけられている。ざっと見で、三十枚くらいはあるだろうか。写真の展覧会だから、全部が写真パネルなのだろう。でも入り口に立っただけでは、何を写した写真かまではよくわからない。全体的に、トーンは暗めだ。鮮やかな色合いの写真ではなくて、モノクロか、それに近い写真なのだろう。

右手の奥に、しゃがみこんでいる森本の姿を見つけた。

パネルのすぐ手前の床に照明器具があるようで、それを調節しているらしい。わたしが入って来たことには気づいていない。床に這いつくばるようにして、パネルと照明器具とを何度も何度も見比べている。

薄暗いばかりだと思っていた室内は、目が慣れてくるにつれて、ぼんやりした光が浮き上がってきていた。床に置かれたものだけでなく、天井から吊られたバーのようなものにも、照明器具はあるらしい。上下両方向から、写真パネルは照らされていることになる。一枚一枚の写真が、薄暗い中に、映像のように浮き上がって見える。パネルは長辺が五、六十センチほどの長方形で、全部がほぼ同じ大きさだ。でも写真によって、横向きだったり縦向きだったりする。これはもちろん、何が写っているかによるのだろう。

すぐ手前にあるパネルに近づいて、じっと見つめてから首を傾げた。

積み上げられた古タイヤの写真だ。どこか屋外のようで、黒いタイヤが無造作に積み上げられている。十本以上積まれたタイヤが何列も並んでいて、地面の水たまりには、そのタイヤが映り込んでいる。ほんの少しだけ見える空が薄青色なので、かろうじてカラー写真だとわかる。

隣のパネルに写っているのは自転車。数台の自転車がくっついて並んでいるが、ハンドルがなかったりサドルがなかったりする。処分するために集められた、古い自転車なのだろう。

「ごめん、気づかなかった」

声に目をやると、森本が立ち上がってこちらを見ていた。

「ううん、邪魔したくないから、続けて」

とは言ったものの、パネルに目を戻して、また首を傾げていた。

写真の展覧会と聞いて、風景や人物を勝手に想像してしまっていたのだ。でもここにあるパネルには、屋外に捨てられたゴミのようなものが写っている。

ゴミを撮った写真が、三日後からここで展示されるということなのだろうか。

もちろん、芸術が様々だということはよくわかっている。他人にはゴミにしか見えないものが、撮った本人には特別な何かということもあるだろう。見る人が見れば、とんでもなく優れた芸術ということだって、ときにはあり得るのかもしれない。でもここに並んでいるのは、どう見ても粗大ゴミだ。少なくとも、わたしの目にはそうとしか見えない。森本の友人は、屋外にある粗大ゴミばかり、日々撮り続けているということなのだろうか。

「ずっと、こんなのばっかり撮ってるんだ」

わたしの表情がわかりやすかったのか、こちらに向かって歩きながら、森本が苦笑している。

「粗大ゴミにしか見えないって言ったら、怒られる？」

「大丈夫。誰が見てもそうだから。昔は冷蔵庫ばっかり撮ってたんだけど、だんだんと守備範囲が広がって、今じゃ何でもありだ」

「わざわざゴミを撮ってるってことなの？」

「うん。しかも、屋外の不法投棄ものだな。林道わきのゴミの山なんて言ったら、中野のやつ、間違いなく飛びつく」

中野俊介。

それが森本の友人であり、この写真を撮った人物の名前だ。同じ美術系の専門学校出身で、森本はデザイン科で、中野は写真科だった。以来十年以上、友人関係は続いている。

「好きだから、撮ってるってことなんだよね？」

粗大ゴミが好きと言われてもよくわからないが、中野にしてみれば、何か心惹かれるものがあるのだろう。

「どうだろうな。冷蔵庫ばっか撮ってたときは、冷蔵庫が呼んでるって言ってたけど」

「……」

「でも、ゴミなら何でもいいのかって言うと、そうでもないみたいだ。判断基準は、中野にしかわかんないけど」

「より芸術的な粗大ゴミ」

「さあ。でも大山さんは……このギャラリーのオーナーは、こういう、ちょっと毛色の違うアートが好きなんだ」

言いながら、森本は肩をすくめている。

粗大ごみの中に潜む芸術性？

心の中でつぶやいてからパネルに目を戻すと、後ろで扉の開く音がした。振り向くと、かなり横幅のある人物が、「男湯」の扉からのしのしと入って来る。

「大山さん、話してた彼女です。日下美咲さん」

「やあ、いらっしゃい」

太い両腕を広げて、にこにこと笑っている。

「このギャラリーのオーナーで、大山建志さん」

「初めまして、日下です」

ギャラリーのオーナーと聞かなければ、飲食店の中年店主か何かだと思っていたかもしれない。Tシャツと短パンに、よれよれの半袖シャツをひっかけている。四月半ばということを考えれば、季節をかなり先取りした服装だろう。しかも足は裸足で、靴下すら履いていない。換気の悪い厨房で、頭にタオルを巻いて、汗をかきかき中華鍋を振っていそうだ。

「うちの展示作業を見たいなんて奇特な子がいるって言うから、顔見とかなきゃと思って来たんだけど、マニアックなタイプかと思ったら、ぜんぜん違うなぁ」

「だから、普通の子だって言ったじゃないですか」

「普通よりぜんぜんかわいいだろ。よかったな、岳、こんなかわいい彼女が出来て」

「だからそういうわけじゃ……」

「いやいや、逃がすなよ。しっかりやれ。俺は全面的に応援する。何でも相談しろ」

「はあ……」

「あの、お忙しいところに急にお邪魔して、すみません」

困惑顔の森本をちらりと見てから口を開いた。

「いやいや、ぜんぜん構わないよ。こんなギャラリーでよかったら、いつでも見に来るといい。展覧会準備って言ってもいっつも手弁当で、学生が走り回ったりしてるから、高級なギャラリーの準備風景とは、似ても似つかないかもしれないけど」

「入ってみたらすごく広くて、びっくりしました」

「この高い天井が自慢でね、歌うとよく響くから、カラオケ大会も出来る」

「以前は銭湯だったんですか？」

「そう、見ての通り、『星の湯』。実家でさ、六年くらい前まではちゃんと銭湯だったんだけど、両親が年取ったんでやめて、以来ずっと閉め切りだったんだ。何かいい使い道はないかって長いこと考えてて、ようやく思いついたのがこれ。風変わりなギャラリーって言えばかっこいいけど、男湯と女湯の間にあった壁を取っ払うのが結構大変で、それだけで蓄えが底ついちまって、外側の改装までは手が回んなかった」

言うと大山が、大きな体を揺らすようにして笑う。

冗談を言っているのか本音なのか、口調だけでは判断がつかない。それでも、おおらかで人がいいということだけはわかる。四十代と森本からは聞いているが、大きくて丸い顔には愛嬌があって、アニメのキャラクターでも見ているようだ。

「で、ライティングの調子はどうだ？」

「はかどりましたよ、だいぶ。一枚一枚、薄暗がりに浮き上がるようになって中野の希望に、結構近づいてると思うんですけど」

「ああ、その辺はさすがだな。ちっこいライトの角度をパネルごとに変えるって言うから、えらいこったと思ったが、確かに、写真ごとに微調整してやると、ずいぶん違ってくるもんだ」

オフィスチェアだけがぽつんと写ったパネルに目をやり、大山は頷いている。これもカラー写真なのだろうが、椅子もグレーで、手前のアスファルトも濃いグレーなので、モノクロ写真のように見える。パネルを照らしているライトは総じて弱いものだが、このパネルはたぶん、上方向からより強く光が当たるように調整されている。そうすることで、屋外にある椅子という場違いさを、より強調しているのだろう。

森本はさっき奥で這いつくばるようにしていたが、そんなふうに一枚一枚、時間をかけて調整を続けているのだ。中野が写真に込めた意味をどうすれば上手く伝えられるか、じっくり考えながら。

「中野さん、今日は来てないの？」

広い展示室の中、森本がたった一人で作業しているのを見て不思議に思っていたのだ。中野は普段、印刷会社で働いていると聞いている。もしかしたらまだ仕事中なのかもしれない。

「あいつ、昨日搬入だけ見届けてから、実家に帰ったんだ」

「実家？」

「ばあちゃんの命日。毎年きちんと帰って、墓に手を合わせてる」

「お墓参り……」

粗大ゴミばかりの写真と、すぐには結び付かない気がした。まだ会ったことのない中野俊介という人物が、ますますわからなくなってくる。

「美咲ちゃんは、俊介に会ったことないのか？」

「はい、まだ」

答えながら、大山の口から出た「美咲ちゃん」という呼び方に、いくらかドキリとしていた。働き始めてからはずっと「日下さん」と呼ばれていて、名前で呼ばれることなどなかった。学生時代の自分を呼び戻しているようで、居心地の悪さも少々感じてしまう。

「あの仏頂面で、ばあちゃんっ子だって言うんだから、世の中わからんよなぁ」

「ハハ……この展覧会のこと、絶対報告してると思いますよ」

中野の顔でも思い浮かべているのか、二人でニヤニヤと笑い合っている。

「明日には帰って来るんだよな？」

「そう聞いてます」

「このライティング見たら喜ぶぞ。あの仏頂面がどこまで崩れるか、今から楽しみだ」

「崩れませんって、絶対に」

「不眠不休の力作だ。ほっぺた、ひっつかんででも崩してやれ」

「え、寝てないの？」

わたしが驚くと、森本が苦笑する。

「ぜんぜんってわけじゃないけど、パネルの搬入が終わったのが昨日の夕方で、それから徹夜で作業して、今朝はここから事務所に出勤したんだ」

「で、今日は事務所からまっすぐここに来て、また作業してる。美咲ちゃんが来るってんで、大張り切りでね」

「大山さん！」

「そわそわしてただろうが、夕方からずっと」

「だからそれは……」

大山のからかうような言葉に、森本が所在なげに頭をかく。

広い展示会場の隅っこに、コンビニの袋やペットボトルがあることに気づいた。丸めた布のようなものは、もしかしたら寝袋かもしれない。ここで仮眠して、ずっと調整作業を続けているのだろうか。

「金にもなんない作業に徹夜まで出来る、好きこそ何とかってね、こういうの見てると俺、胸が熱くなるんだなぁ。高級ギャラリーなんかクソくらえだ。見た目は銭湯でも、中身は全く違うぞ。芸術は熱気だ。な、だから美咲ちゃん、じっくり見ていってくれ。美咲ちゃんがいてくれればそれだけで、こいつのエネルギーチャージになる」

身振りのついた大げさな物言いに、わたしは苦笑するしかない。

大山はすっかり勘違いしているが、森本が困惑しているように、わたしたちはまだ、彼氏とか彼女とかいう関係では全くない。初めて会ってから二か月近く経つが、森本は今も、わたしを「日下さん」と呼んでいる。ついさっき会ったばかりの大山が、「美咲ちゃん」と呼ぶのと対照的だ。それに、今さら口には出せないが、わたしが今日ここに来たのだって、アートや照明が特に好きというわけではなく、単なる好奇心からだ。

それでも不思議なことに、最初はゴミにしか見えなかった中野の写真が今は、一つ一つ表情の違う、意味のあるものに見え始めていた。単なるタイヤではなく、自転車でもなく、オフィスチェアでもないものが、森本の照明を受けてパネルの中でじっとしている。こちらに向かって、言いたいことでもあるかのように。

アナザー・ワールド。

森本から聞いていた、個展タイトルを思い出した。中野が考えたものだ。粗大ゴミが作り出すもう一つの世界、そんな意味になるのだろうか。

「残るは、緑の冷蔵庫だなぁ」

「はい」

ため息まじりの大山の言葉に、森本が頷く。

「あれだけは、本人立ち合いで調整したいだろう」

「だと思います」

「緑の冷蔵庫?」

「中野いわく原点。その写真だけは特別で、本人の思い入れが強くて」

「どの写真?」

以前は冷蔵庫ばかり撮っていたというだけあって、展示パネルの中にも冷蔵庫の写真が多い。でもモノクロに近い色合いばかりで、はっきり緑だとわかるものはない。

「まだ届いてないんだ。そのパネルだけ急遽入れ替えることになって、作り直したから」

「今日の午後に届くって話なんだがな」

「遅れてますね」

「明日中に届かなかったら、さすがに照明は間に合わんだろう」

「万が一間に合わなかったら、中野のことだから、展覧会自体やめるって言い出しかねません」

「あの仏頂面は、言い出したら聞かないからなぁ」

大山が息をついたところで、入り口方向から「こんばんは！」と、誰かの声が大きく響いた。

「お、噂をすればだ。届いたんじゃないのか？」

「やった」

大山と森本が、連れ立って「男湯」の扉から出て行く。

話し声が聞こえていたかと思うと、すぐに静かになった。「男湯」の扉がまた開いて、大山が顔をのぞかせる。

「美咲ちゃん、悪いけどさ、こいつが閉まっちまわないように、ちょっと押さえててもらえるか？」

「はい」

靴脱ぎのある板の間の上に、大きな荷物が届いていた。搬入済みのパネルの三倍はあるかという大きさで、厳重に梱包されているのがわかる。

言われた通りにわたしが「男湯」の扉を押さえると、大山と森本がそれぞれ端を持って、荷物を持ち上げる。重さはさほどないようだった。でも大きさが大きさなので、一人では運びきれないのだ。うっかり壁にぶつけてしまわないよう、二人とも慎重になっているのがわかる。

「場所はどこにしたいって？」

「まだ決めきれてないみたいです。奥にするか、手前にするか」

「インパクトがあるからなぁ。入ってすぐにこいつってのも、確かにありだが……」

運び込んだ荷物を床に置いたまま、大山は腕組みをしている。

「中野が来てからじゃないと、場所は決められませんね」

「とりあえず梱包を剥がして、中身に間違いがないかだけ確認するか。印刷時点で何かあると、設置どころじゃないからな」

「これだけ、ずいぶん大きいんですね」

床に置かれた平たい荷物を、わたしは見下ろした。

梱包を剥がせばもう少し小さくなるのだろうが、それでも、他のパネルよりかなり大きい。

「最初はこれも同じ大きさで、入ってすぐの、そこの壁に掛ける予定だったんだ。でも中野のやつが、どうしても気に入らないって言い出して」

オフィスチェアの写真の脇、今は何もない壁を森本が指さす。

「実物大って言い出したときは、さすがの俺も口が開いたなぁ」

「実物大の冷蔵庫？」

「ああ、立派な大型2ドアだ。搬入済みの他のパネルは全部A1サイズ。B0までは規格内だから何とかなる。俊介の勤務先はその手の専門だから、社割で安く作ってもらえたんだ。でも二メートル越えとなるとさすがに無理で、特注扱いになるから、印刷会社探すだけでこっちは一苦労だ。等身大印刷やってる会社をネットで見つけて、大慌てでデータを入稿して、ようやく今日だ」

荷物の脇にしゃがみ込んで、大山は苦笑している。

「ここまで大きくなって、さてどうなってるか」

森本もしゃがみ込んで、大山と一緒に梱包を剝がし始める。

「昔懐かしい緑色の冷蔵庫。確かに、異彩を放ってるからなぁ。他の冷蔵庫とは一味違う」

「中野に言わせると、アボカドグリーン」

「……」

緑色の冷蔵庫。

その言葉を何度か聞くうちに、心の中がざわつき出すのを感じていた。わたしの記憶の中に、同じ言葉が引っかかっているからだ。中野が撮った写真なのだから、その冷蔵庫もまた、どこかに捨てられていたものなのだろう。

屋外に捨てられた、緑色の冷蔵庫。

ずいぶん遠い記憶だが、わたしは今もその言葉を、そして光景を、はっきり憶えている。何かの拍子に思い出すたび、心の奥がチクリと痛む。いや、思い出さない日など、そもそもあるのだろうか。音にしろ色にしろ、わたしは毎日のようにあの当時の何がしかを思い出している。

声も時折聞こえる。

とても悲しげな声だ……。

「よし、一度立てかけるぞ」

ダンボールが剝がされ、緩衝材も全て取り去られ、パネルがその姿を見せる。

縦が二メートル以上もあり、やはり他のパネルの三倍だ。その真ん中に、冷蔵庫がまっすぐに立っている。大山の言う通り、最近の冷蔵庫にはないような緑色。ただ、展示室内が薄暗く、まだ何の照明も当たっていないので、輪郭がぼんやりしている。それでも大きい。冷蔵庫は本当に実物大で、わたしの身長ほどもある。空き地のような場所に、大きな2ドア冷蔵庫だけがある、とても淋しい写真だ。いや、淋しいと言うよりは、違和感と言ったほうがいいかもしれない。雑草だらけの地面に、冷蔵庫は直接立っている。本来あるはずではない場所に、置き去りにされた冷蔵庫。

「こりゃ……」

一緒に見ている大山が、隣で息をのむ。

森本も動きを止めて、壁に立てかけたパネルにじっと見入っている。

展示室内がしんとしてしまう。

わたしは冷蔵庫そのものよりも、背景に目を奪われていた。一面に雑草の生えた、どこかの空き地。冷蔵庫の後ろに見えるのは、たぶん生け垣だ。

似ている。

背後にある背の高い生け垣に、目が吸い寄せられてしまう。

とてもよく似ている。あの場所に。

あの場所もまた、背の高い生け垣にぐるりと囲まれていた。だからすぐには、冷蔵庫が見えなかったのだ。内側に入って初めて冷蔵庫の存在に気づく。

似たような空き地なら、他にいくらでもあるだろう。冷蔵庫だって、一台だけとは限らない。

でも。

「このサイズに引き伸ばして、確かに正解かもしれんな。小さいパネルじゃ、ここまでの現実感は出ないだろう。それにしても俊介のやつ、よくここまで撮りきったなぁ。何が違うのか、ただの冷蔵庫にはどうしても見えない……岳、お前また徹夜になるぞ。こいつをどう照らすか、腕の見せ所だ」

「はい。でも絶対にやります。中野と殴り合ってでも、やりきって見せますよ」

「おう、ますます初日が楽しみだ。大いに意見を戦わせて、ガッツリいいもの見せてくれよ」

「あの……これって……」

大山と森本の会話が、耳の中をすり抜けていく。

似ているどころではない。あの冷蔵庫そのものだ。地面を覆う、好き勝手に伸びた雑草の具合。やはり伸び放題の、手入れの全く行き届いていない生け垣。何より、左手の奥に少しだけ写り込んでいる、隣家の屋根の形。

あの場所は、住宅地の中にひと区画だけある更地だった。すぐ隣の敷地には、誰かが暮らす普通の二階建て家屋があった。

「これって……」

「美咲ちゃんもわかるか？　なぁ、強烈な存在感だよな。俊介のやつ、この冷蔵庫だけで百枚以上撮ったって言ってたぞ。よっぽど気に入ったんだろうが、何がそこまであいつを引き寄せたのか、今度その辺、じっくり聞き出してみたいなぁ」

「これ、いつ、どこで撮ったものですか？」

「うん？」

「どこで撮ったの？　いつ？」

森本に向かってつい、詰め寄るような口調になってしまっていた。

「どうした、美咲ちゃん?」

「この写真、いつどこで撮ったのか教えてください」

「確か、どっか近場の住宅地って言ってたか? 誰かの家の敷地の中に、これだけポツンと捨てられてたとか……なあ岳、そうだったな?」

「ああ、はい、そうですね」

戸惑い顔の森本が、あいまいに頷く。

「住宅地……」

一瞬、耳の奥でキーンと、甲高い音が鳴った気がした。夏の気配がよみがえって、肌がヒリヒリするような感覚がある。

全部、わたしが都合よく見た幻だったのかもしれない。

小さな声が聞こえて、鼓動が少しずつ速くなる。

あれは夏休みの少し前だった。自転車をこぎ出すと、すぐに汗が噴き出したのだ。いつも通り自転車を門の前に止めて、錆びかけた古い門扉に触れた。金属製の黒い門扉は、日差しでずいぶんと熱くなっていた。何度となく立ち寄っていた家を、その日も訪ねようとしていた。

玄関で声をかけたが、家の中から返事はなかった。留守のはずはないとわかっていたので、ドアを開けた。

そして……。

全部、わたしが都合よく見た幻だったのかもしれない。

悲しげな声が、また同じ言葉を繰り返す。

「……違う」

「え？」

森本が首を傾げる。

「違う、幻なんかじゃなかった」

「美咲ちゃん？」

「幻なんかじゃなかった……やっぱりあのとき……」

「どうした？　具合でも悪いか？」

大山が、心配げな顔でわたしを見ている。

「わたし……わたし、中野さんに会わなきゃ」

「え、中野に？」

「中野さんはどこ？」

「だから、今実家に……」

「実家ってどこ？　どこに行けば会えるの？」

今すぐにでも、中野に会って確かめなければ。

その思いが自分の中で、どんどん強くなっていく。

「何だかわからんが、美咲ちゃん、とにかくまず落ち着こう。話しなら聞くから、一度落ち着いて、な」

「わたし……」

パネルの中に立つ、緑色の大きな冷蔵庫に目を向けた。あの日のままだ。あのときのまま、中野が撮った写真の中で、冷蔵庫はずっと立ち続けていた。

「あのときわたし、何もしなかった」

何かしたかったのだ。でもわからなかった。

わからないまま、何も出来ないと思い込んでしまった。

「どうして何もしなかったんだろう……」

目をそむけただけだったのかもしれない。自分自身の辛さや悲しみで、心の中がいっぱいになってしまっていた。十四歳だったわたしは自分のために、何もしないことを選んでしまった。

もういいのよ。もう大丈夫だから。

わたしを気遣う優しい言葉に、甘えてしまった。

「ごめんなさい……」

あんなにも悲しそうな顔をしていたのに。

何度も何度も訪れた家。

門柱に掛けられた、木製の古い看板。広い庭のあちらこちらにあった、色とりどりの花が咲き乱れる花壇。アップライトピアノが置かれた部屋の、真っ白いレースのカーテン。

十年以上も前に見た光景が次々とよみがえり、息苦しくなって、わたしは両手で顔を覆った。

ピアノ教室　出会い

中学の頃までピアノを習っていた。

家から自転車で二十分くらいのところに個人のピアノ教室があって、週に二度、そこに通っていたのだ。最初は週に一度だったが、途中からお願いして二度にしてもらった。どうしても弾きたい曲があって、完璧に弾きこなせるまで、何が何でも頑張ろうと思ったからだ。

コンクールがあるとか行きたい学校があるとか、そういうことではなかった。ピアニストになりたいとも、別に思っていなかった。なら何故続けていたのか。わたしにとってピアノが、どうしても必要だったからだ。強いて言うなら、つっかえ棒のようなものだったのかもしれない。

ピアノを弾いているから大丈夫。

そう答えられることが、「わたしがそこにいてもいい理由」だった。

別に理由なんかなくても、ただ普通に、そこにいればいいと今なら思う。でも当時のわたしは、理由が必要だと思い込んでいた。勉強が出来るわけでも運動が出来るわけでもないから、ピアノまでなくなってしまうと、何も残らない気がした。いてもいなくてもたいして変わらない、そんなわたしだけが残ってしまう気がした。

ピアノを習い始めたのは幼稚園のとき。週に一度、夕方になってから幼稚園に先生が来て、十人くらいの園児がまとまってレッスンを受けた。ピアノ教室というよりは、音楽教室だろう。習いたい子どもだけが残って、音符の読み方を習ったり、実際にオルガンを弾いたりした。ピアノは一台しかなかったので、何台かあるオルガンで上手に弾けた子が、ご褒美のように弾かせてもらえた。

一対一で習える教室に通い始めたのは、小学校に上がってからだ。学校の近くに楽器店があって、二階にある小さな音楽教室で、ピアノやバイオリンを習うことが出来た。先生たちも皆、どこかから通って来ている人たちだった。予約制で、学校帰りに寄り道をして通ったが、曜日によって先生は違うし、途中で姿を見なくなってしまう先生もいた。でもバイエルは、全部そこで弾けるようになったのだ。

小学校の高学年になって、一人で電車に乗れるようになると、母の勧めもあって、三駅先にあるピアノ教室に通い始めた。音大出身の先生が、駅前の貸しスタジオを借りて、一人で開いている教室だ。五十歳を超えた女の先生で、指の使い方にとても厳しい人だった。楽譜には音符の一つ一つに、どの指で弾くかが細かく書かれている。それをきちんと守らないと、途端に厳しい声が飛んだ。

基本を守らないと、絶対に上達はありません。

それが先生の口癖だった。チェルニーの100番を弾きながら、ショパンやモーツァルトも弾けるようになっていたのに、先生と二人きりの時間が、わたしはだんだんと息苦しくなっていた。基本は大切かもしれないが、楽譜に書いてあることが、本当に全部正しいのだろうか。言われれば言われるほど、演奏記号の全てが、うさん臭いものに思えて仕方がなかった。ピアノをやめるつもりは全くなかったが、中学になると、この教室に通うことがすっかりおっくうになっていたのだ。

チェルニーの100番を早く終わらせて、30番に進むときに、違う先生を探してもらおう。チェルニーは練習曲集で、100番の次は30番。そして40番、50番、60番と、どんどん難しくなる。だから30番は絶対に、違う先生から習いたい。そう自分で決めて、それまで以上に黙々と練習を続けた。

自宅は、新興住宅地にある小さな一戸建てだった。鉄道会社が新しい駅を作り、系列の不動産会社が宅地を売り出すという、よくあるパターンの分譲地だ。「注文住宅のような満足感」が売りで、家の形はある程度決まっているものの、内装や部屋割りをいくつかのパターンから選ぶことが出来た。ピアノを置くための部屋を防音壁に変えてもらえる。それが、両親が購入に踏み切った一番の理由だったらしい。

一人っ子で、きょうだいはいなかった。ピアノ好きの一人娘に、ずっとピアノを弾かせてやりたい。それぞれ大手企業に勤める共働きの両親は、娘のリサイタルでも思い浮かべながら、日々の仕事に励んでいたのかもしれない。

新居への引越しが小学五年生のときで、指使いに厳しい先生から習い始めたのも、ちょうどその頃のことだった。母が探し出してきた教室で、仕事が忙し過ぎて送り迎えが出来ないため、わたし一人でも通えることが絶対条件だった。近くにいい教室があってよかったと、母は上機嫌だったのだ。だから、先生と気が合わないからと言って、簡単にやめることは出来なかった。ピアノのテクニック的なことで、もっともな理由を見つける必要があったのだ。

チェルニーの30番は、もう少し上手な先生から習いたい。

それは、中学一年のわたしがかろうじて見つけた、もっともらしい理由だった。

中学へは自転車で通っていた。

線路に沿って住宅地は続いていて、「新興住宅地」の周辺には、以前からある古い住宅地があった。「新興住宅地」の道路はまっすぐできれいなのに、古い住宅地の道路は狭くて、曲がりくねっていて迷路のようだった。そこを抜けて学校まで通うのだが、一本違う道に入っただけで、いつの間にかUターンして、元の場所に戻っていることまであった。

それでも、複雑な狭い道を走り抜けることが、学校帰りのささやかな楽しみになっていた。遅刻はまずいので行きには出来ないが、帰り道の選択はいつだって自由だ。面倒なので部活にも入っていなかったし、両親揃って帰りが遅いので、帰宅時間を気にする必要もない。入学して二か月も経つ頃には、どの道がどこに続くのか、すっかり把握するほどたいがいの道を走りつくしていた。だから、そのささやかな看板に気づいたときは、すぐには信じられなかったのだ。


佐伯由貴奈ピアノ教室。

何度も通ったことのある道だった。でも自転車で走り抜けるだけで、立ち止まったことまではない。その日はたまたま、ピアノの音が聞こえていたのだ。これまでも、誰かがつっかえながら弾くピアノの音が、どこかの家から聞こえてくることはあった。でもそんな音は、わざわざ立ち止まって、耳を傾けるようなものではない。そのとき聞こえていたのは、本物のピアノの音だった。練習中の下手くそな音でもない、CDでもない、リサイタルに出かけて初めて聴けるような、とても鮮明な音。

驚いて、自転車のブレーキを思いきり握り込んだ。下手をすれば転んでいたかもしれない。でも本当に、それどころではなかったのだ。

息をつめて耳を澄ますと、ピアノの音はよりはっきりと耳に届いた。

曲名はわからない。初めて聴く曲だった。

繊細で不安定な旋律。高音部がきれいに並んだかと思うと、次の瞬間には、覆いかぶさるように低音部が強く響く。一つ一つの音が速く、連続して、隙間なく続いていく。

自転車をその場に置いて、音のする方向へと、わたしはふらふらと歩き出した。

間違いなく今、この瞬間、誰かがピアノを弾いている。とても上手な誰かだ。これまで習ったどの先生よりも、間違いなく上手な誰か。

そして見つけたのが、「佐伯由貴奈ピアノ教室」と書かれた、縦長の木の看板だった。目立つものではない。古そうな金属製の門柱に、ひっそりと引っかかっている。門の奥に見える一戸建ても、かなり古そうだった。周囲に並ぶ家の中でも、一番古く見えるかもしれない。自転車で走って来た道から、枝分かれするように狭い道が伸びていて、行き止まりにあるのがその家だった。周りの家から離れて一軒だけ、さらに奥に、引っ込んでいるように見える。

「ピアノ教室……？」

門柱の前に立って、夢でも見るような思いでつぶやいた。

いったいいつからここにあるのだろう。看板自体はかなり古く見える。でもこれまで、ピアノの音が聞こえてきたことなどあっただろうか。

繊細なピアノ曲はまだ続いていた。

何という曲なのだろう。

どうしても知りたくなって、塗装が剝げて錆びてしまっている、金属製の門扉にそっと近づいた。

「どうぞ、お入りなさい」

途端に門の内側から声が聞こえて、わたしは飛び上がりそうになった。すぐ前に人がいるとは、思ってもいなかったのだ。しゃがみ込んでいたようで、立ち上がって、今は門扉の内側に顔が見えている。

麦わら帽子をかぶった、七十歳くらいの男の人。おじいさんと言ってもいいような年齢だった。手にはめた軍手には泥がついていて、庭仕事をしていたのかもしれない。

「ピアノの生徒さんでしょ。どうぞ、お入りなさい」

「あの……いえ……」

ピアノ教室に通っている生徒だと、勘違いされたようだった。制服姿なので、みんな同じ顔に見えるのかもしれない。

「でも……」

「どうぞ」

わたしの戸惑いには全く気づかない様子で、穏やかな笑みのまま門扉を開けてくれる。

ギイッと、耳障りな音が大きく響いた。その音が、家の中まで聞こえたのかもしれない。

「お父さん?」

玄関のドアが開いて、女の人が顔をのぞかせた。

「ほら、生徒さんだよ」

「え?」

驚いた顔がこちらを向き、わたしは慌てて、その人に向かって頭を下げた。

「すみません、急にお邪魔して」

リビングに通されて、アイスティーまで出してもらい、わたしはすっかり恐縮してしまっていた。

「いいのよ。先に勘違いしたのは父だもの」

ちらりと庭に目をやってから、佐伯由貴奈は微笑んで見せた。

布張りのゆったりしたソファが、長方形のテーブルをはさんで二つ置かれていた。大人が二人腰かけてもまだ余裕がある大きさで、一方にわたしが、もう一方に由貴奈が座っていた。テーブルの上には、アイスティーがはいった縦長のグラスと、ポーションタイプのレモンやガムシロップがのった、可愛らしい小皿。

「違いますって、わたしがきちんと言わなかったから」

「無理もないわ、驚いたでしょう。麦わら帽子に軍手のおじいさん……夢中になって庭を掘り返してたのね」

「お花がすごくたくさん」

リビングの大きなテラス窓が、庭に面していた。門扉の脇にある花壇の前に、麦わら帽子をかぶった由貴奈の父親が、しゃがみ込んでいるのが見える。大きな花壇で、いろいろな種類の花が植えられていた。花壇は他にもいくつかあって、それぞれに、ブルーやオレンジの花が咲き乱れていたのだ。

古い家に見えたが、入ってみると造りは洋風だった。広々としたリビングの奥には、対面キッチンが続いていた。玄関を入ってすぐ右手がリビングで、左手にあるのはおそらく、ピアノが置かれた部屋だ。上がり込んだときドアは閉まっていたが、つい今まで由貴奈がそこで、ピアノを弾いていたのだろうと想像した。

「ああして、暇さえあれば庭をいじっているの。昔はそうでもなかったんだけど、母が亡くなってから、写真にお供えする花を植えようと思ったみたい」

壁際には作り付けの棚があって、一番上の段に、写真立てがあるのが見えた。一輪挿しがすぐ脇にあって、ポピーのような、オレンジ色の可愛らしい花が生けられていた。

「やってみたらずいぶん面白かったらしくて、庭にどんどん花壇が増えて……おかしなものよね。仕事人間だったときは、花なんか見向きもしなかったくせに」

麦わら帽子と仕事人間という言葉が結び付かず、不思議な思いでわたしは、しゃがみ込んでいる父親の後ろ姿に目を向けた。細かな雑草を引き抜いているようで、手が休みなく動いている。

「ああ見えて、新聞記者をしていたのよ。ほとんど家にいなくて、この人はいったいどこに住んでるんだろうって、しょっちゅう思ってたくらい。でも、六十五歳で定年した途端に母が亡くなって、そうしたら突然庭に花を植え始めた。わからないものね、人って」

首を傾げるようにして、由貴奈が小さく笑う。

小柄で、可愛らしい雰囲気の人だった。年齢を尋ねたことはなかったが、わたしの母が当時四十五歳だったので、同い年くらいかと思っていたのだ。

庭いじりをしていた父親は七十五歳で、母親が亡くなったのがちょうど十年前だというのは、少しあとになってから聞いたことだ。

「あの……ここはピアノ教室なんですか？」

ピアノの音に吸い寄せられるようにして来ると、門柱に看板があった。それまでは一度も気づかなかったのだ。

「外の看板を見てくれたのね」

「はい」

「ここでピアノ教室をしていたのは、もうずいぶん前のこと。三年間くらい続けていたけれど、家を出ることになって、やめてしまったの。看板、外してくれて構わないって言ったんだけど、父が外さなかったのよ。母が、知り合いの書道家の方にお願いして作ってもらったものだから、わたしより、よほど愛着があったのかもしれない」

「じゃあピアノ教室は……」

この家に通うことになるかもしれないと、わたしは淡い期待を抱いていたのだ。聴いたばかりのピアノの旋律が、まだはっきり耳に残っていた。

「実はわたし、一週間前こっちに戻ったばかりなのよ。ピアノはすっかりほこりをかぶってて、音もめちゃくちゃで、今日の午前中にようやく調律してもらえたんで、さっき、試しに弾いてみていたところ」

「ものすごく上手で、びっくりしました」

「そんなにストレートに褒められたの、初めてかも」

肩をすくめると由貴奈は、照れくさいのか、アイスティーのストローをくるくるとまわした。

「ほんとです。これまで習ったどの先生よりも上手でした。すごくびっくりして、慌てて自転車を止めて、門の前まで来たんです」

「ピアノ、習ってるのね」

「はい、幼稚園のときから」

「今はどんな練習？」

「もうすぐチェルニーの30番」

「今、中学生？」

「一年です」

「幼稚園から始めて中学一年で30番ってことは、練習曲を嫌がらないで、ずっと真面目に練習してきたのね。指の動きがきっと、速くてきれいだと思うわ」

由貴奈の目が、わたしの右手に向けられた。

「練習曲、退屈だって思ったことはありません。でも今の先生は……」

「うん？」

「練習のときは厳しくて……ちょっと堅苦しい」

「そっか」

想像がつくとでも言うように、笑いながら由貴奈は頷いた。

「さっき弾いていたのは、何ていう曲ですか？」

「洋上の小舟」

「初めて聴きました」

「ラヴェル。『鏡』っていう組曲の第三曲。そうね……あまり有名な曲じゃないかもしれない。でも、低音から高音まで忙しく動き回る曲だから、調律の具合を確認するにはちょうどいいの」

「ピアノ教室、また始めるんですか？」

調律をしたということは、この家に住んで、またピアノを弾き始めるのだろうと思った。

「そうするのが一番いいのかなって、思ってはいるんだけど……気づいたかもしれないけど、父があまり、具合がよくなくて」

言うと由貴奈は、庭でしゃがんだままの父親に目を向けた。

「年齢的なものよ。あなたのこと、生徒さんと勘違いしたのはそのせいね」

言われて初めて気づいたことだった。確かに、ピアノがほこりをかぶっていたなら、生徒が家にやって来るはずはない。

「ちょっとずつその兆候はあったんだけど、本人は大丈夫だって言い張ってたのよ。でもこのところ、一人にしておくのはもう限界かもしれないって思い始めて、それでわたし、こっちに戻って来たの」

　何を言えばいいのか思いつかず、わたしは黙ったまま、アイスティーをすすった。庭にいる父親の姿が急に、見てはいけないものに変わってしまったような気がしたのだ。

　門柱に下がったままの、木製の古びた看板。

　ピアノの音を耳にしなければ、ずっと気づかないままだったかもしれない。

　調律の具合を確かめようと、由貴奈がピアノを弾き始めた。そのとき交差するように、わたしが自転車に乗って通りかかった。お互いの行動がほんの少しでもずれていたら、わたしはこの家の中に入ることも、父親の事情を聞くこともなかったはずだ。

　でもピアノの音は聞こえてしまった。その瞬間、わたしはブレーキを思いきり握り込んだ。これまで聞いたこともないような鮮烈な音として、由貴奈のピアノはわたしの耳に飛び込んで来たのだ。

「ああしてずっと、日に何時間も庭にいるの。そろそろ暑くなってきたから、気をつけなきゃいけないって思っていたところ」

　六月の半ばだった。梅雨入りが近いのか、日ごとに蒸し暑さが増していたのだ。ブレザーを着ていた入学式とは違い、わたしも衣替えをして、白いブラウスにグレーのスカートという制服だった。

「ごめんなさいね、こんな話。そうだわ、おいしいクッキーがあるの。よかったら食べる?」

「いえ……」

うつむくわたしを見て、由貴奈は気を遣ってくれたようだった。でもわたしは、ついさっきまで聴いていた、ピアノの旋律を思い返していたのだ。

「あの……ピアノ、今日はもう弾かないんですか?」

由貴奈が弾くピアノをもっと聴いてみたい。その思いがどんどん募っていた。図々しいとは思いつつ、ピアノがある部屋にも、入ってみたいと思い始めていた。

「ちょっと待っててね」

少し驚いた顔をしたが、すぐに微笑むと、由貴奈は立ち上がった。

「お父さん、お茶いれるから、手を洗ってきて」

テラス窓の縁に立って、庭にいる父親に声をかけた。でも父親は、聞こえているはずなのに振り向かない。

「暑いから、お茶を飲んで。……わたし、生徒さんにもう少し、ピアノを弾いてあげたいの」

しゃがんだままの父親が、くるりとこちらを向いた。

「ピアノ、弾くのか」

「ええ。もう少し弾きたいんだけど」

父親の視線が、由貴奈からわたしへと移動した。そして了解したと言うように、二度頷いてから、ゆっくりと立ち上がった。顔にはさっきと同じような、穏やかな笑みが浮かんでいたのだ。

久しぶりに戻った娘がピアノを弾いている。それがとても嬉しいのだろうと、わたしはこのとき思っていた。

でも全く違っていた。

父親が願っていたのは、「ピアノ教室をしていた三年間」を取り戻すことだけだった。現実の由貴奈になど、少しも興味を持っていなかったのだ。

父の時間は歪んでしまってる。

この日から一年余りが過ぎたある日、由貴奈は悲しげに言うと、わたしに向かって首を振って見せた。

空白の二週間

「ごめんなさい」

コーヒーが三つ運ばれてきたところで、わたしは森本と大山に向かって頭を下げた。

届いたばかりの大きなパネルを見て、すっかり動揺してしまった。写っていた緑色の冷蔵庫が、わたしが以前に見た冷蔵庫そのままだったからだ。中野がいつどこで撮った写真なのか、どうしても確かめたいと思った。

とにかく落ち着こうと大山に言われて、深呼吸をした。

考えてみればもう夜の八時近くで、中野がどこにいるにしても、行動を起こすには時間が遅過ぎる。

コーヒーでもという話になって、ギャラリー「Anything Goes」を出て、すぐそばにある喫茶店に移動したところだった。「星の湯」と同じくらい古い喫茶店で、昔からしょっちゅう出入りしていると大山は言った。一足早く廃業した「星の湯」同様、この喫茶店も、そろそろ廃業という話が出ているらしい。

「どうぞごゆっくり」

七十年配の優しそうな女性が、ゆっくりとした仕草でテーブルにコーヒーを置いてくれた。同い年の夫と二人、もう五十年近くも続けている喫茶店なのだという。

「ここのコーヒーが飲めなくなったら、俺は何を飲めばいいんだ」

そう言って、大山は肩をすくめて見せた。

息を吹きかけてからカップに口をつけると、苦さとほのかな甘みとで、気持ちがすっと和らいでいくのがわかる。使い込まれた木のテーブルや、砂糖の入った白くて丸い陶器が、現実のものとしてようやく目に入り始める。

「大丈夫?」

向かいに座った森本が、気遣うようにこちらを見ている。四人掛け席なのだが、横幅のある大山が隣に座っているせいで、森本は少し脇に寄っている。

「本当にごめんなさい、忙しいのに」

特注のパネルがようやく届いて、どう照明を当てるのか、考えたいことがまだ山ほどあるはずだった。それでも森本は、ちょうど休憩したかったところだと、わたしに付き合ってくれようとしている。

「気にしなくていいよ。どのみち、中野が戻らないと、あのパネルの照明は完成させられないわけだし」

「でも……」

「昨日徹夜したおかげで、他のパネルはだいたい終わってる。残ってるのは二、三枚で、明日とあさって作業出来るから、初日には絶対間に合う。今日は何枚か作業を見てもらって、そのあと食事に誘おうと思ってたんだ」

「うん？　てことは、俺はお邪魔か？」

「いえ、そんなことないです。いてください」

首を傾げる大山に向かって、森本が苦笑する。

「いや、いいぞ。そのときはこっそり合図をくれ。俺はすぐに退場する」

大山の大きくて丸い顔には、森本をからかうような笑みが浮かんでいる。

すごくいい人なんだ。

前回会ったとき森本は、中野の写真展について話してくれながら、大山についても少し話してくれた。

知名度が低く、資金の足りない若いアーティストたちにとって、ギャラリーという場所はなかなか利用しづらいのが現状だ。グループ展をするにしろ、ある程度の知名度が要求されてしまう。それでも、まだまだこれからというアーティストの中にも、すでにいいものを作っている人間は大勢いる。そんなアーティストたちのために、安い資金で展覧会が開ける場を提供したい。

そんな考えから大山は、ギャラリー「Anything Goes」を作ったのだ。大山自身はわりと名の知られた美術評論家で、全く違う筆名を普段は使って、美術雑誌や新聞に記事を書いているらしい。

「ずっと昔に見た冷蔵庫に、本当によく似てて……」

大きなパネルの中の、緑色の冷蔵庫を思い浮かべた。以前に見たものと、色も形もよく似ていた。背後に見える生け垣の様子まで、そっくり同じだった。

「俊介の原点ってのは聞いてるけど、実際あの写真はいつ撮ったものなんだ？」

「専門学校の二年のときです。ただあいつ、あの写真について、あまり詳しく言いたがらなくて……」

困ったような顔でわたしを見ると、森本がコーヒーをすする。

「なんでだ？」

「さあ……何度か水を向けてみたんですけど、あいまいな返事しか返ってこないし、仏頂面に拍車がかかるんで、こっちも何だか訊きにくくて」

「撮った場所まで知らなくても、別に困ることもないしなぁ」

「そうなんです」

「でも美咲ちゃんとしては、その辺をどうしても知りたい」

「はい」

「訊くのは構わないんですけど、あいつが話してくれるかどうか」

言いながら森本が、スマホを取り出して、表示した写真をわたしに向けてくれる。

「それが中野」

「……」

不機嫌を絵に描いたような顔が、画面の中でこちらを向いている。大山と森本がしきりに言う通り、確かに仏頂面だ。眉間にしわが数本寄っていて、こんな顔を向けられたらそれだけで、訊きたいことも訊けなくなってしまうかもしれない。

「昔っからそんな顔で、黙ってるうちはまあいいんだけど、話すとますます仏頂面になって、どう見ても嫌々会話してるようにしか見えない。本人にしてみれば別に悪気はなくて、ただ癖でそんな顔になるんだけど、何も知らずに話しかけたほうは、なんて無愛想な男なんだって、どうしても思ってしまう」

「……うん、わかる気がする」

画面の中の中野を見つめて、わたしは頷いた。

「人づきあいが好きなら何とか努力もするんだろうけど、一人で黙々と写真撮ってるのが三度の飯より好きって、そんなヤツだから」

「まぁ、あえて愛想ふりまこうって気は、さらさらないわなぁ」

大山が言いながら、音を立ててコーヒーをすする。

「そんなだから、昔から友だちは少ないし、誤解されやすいんだけど、でも悪いヤツじゃないんだ。人の気持ちがわかんないヤツでもない。だから、どうしても知りたいって言えば、話せることは話してくれると思うんだけど……」

「その辺の住宅地で、野ざらしになってる冷蔵庫を見つけて写真に撮った。それが、何でそこまで言いにくい話になるんだ？」

「はあ……」

大山の問いに、森本が言いよどむ。

「他にも、まだ何かあるのか？」

「実はあいつ、あの写真を撮った直後、まる二週間行方不明になってるんです」

「えっ？」

大山とわたしは、同時に驚いた声を出した。

「二年生の七月のことです。夏休みになる少し前、突然あいつからメールが来て、とっておきのを見つけたぞ、灯台下暗しだって」

「何じゃそりゃ？」

「あいつ、中学か高校の頃からもう冷蔵庫の写真を撮ってて、不法投棄された冷蔵庫の写真ばかり、数えきれないくらい持ってたんです。だからそのときも、またどこかで冷蔵庫でも見つけたんだろうって、気にもしてませんでした。今もそうですけど、当時からお互い、用もないのにメールのやり取りなんかしない。学校で何日か顔を合わせなくても、科も違うし、別に心配すらしない。でも何日か経って、メールが送られてきた日からずっと中野が学校に来てないって知って、慌てて連絡を取ろうとしたんです。でもぜんぜん電話がつながらなくて、メールに返事すらない」

「実家に帰ってたとか？」

今現在も、中野は実家に帰っている。森本によれば中野は、専門学校時代からずっと一人暮らしをしているのだ。

「その当時にはもう、あいつの実家には誰も住んでなかったんだ」

「誰も？」

「あいつ、小学一年のときに両親を交通事故で亡くして、じいちゃんとばあちゃんにずっと育てられたんだ。中学の頃にまずじいちゃんが亡くなって、高校三年でばあちゃんが亡くなったから、専門学校に入学した時点でもう一人だった。最初の夏休み、実家にも帰らないでアパートにいるから、理由を聞いたらボソボソと話してくれた。同じ町内に叔父さんはいるけど、実家には誰も住んでない。だからそのうちに、処分するかどうか、ちゃんと決めなきゃいけないって……こっちはずっと自宅で親と暮らしてたから、強いやつだなあって思ったのを憶えてる。あいつ、あの頃からフォトグラファーになることしか眼中になかった。学校で専門的なことをしっかり身につけて、経験積んで、いつかは独り立ちする。それ以外のことは本当に、何もかも二の次だったんだ」

「道理で、ばあちゃんっ子なわけだ。俊介のやつ、何も言わんから……」

何度か瞬きをして、大山が息をつく。

ばあちゃんの命日。

森本の言葉を思い出していた。初めての個展まであと三日。準備も済んでいないのにそれでも実家に帰ったのは、中野にとって祖母の存在が、それほど大切だったということなのだろう。森本もよくわかっているから、文句も言わずに一人黙々と、準備作業を進めていた。

「学校を休んでまで、誰もいない実家に二週間もいたとは思えない。もしそうだとしても、実家にいるってひとこと言えば、それで済むことだし」

「じゃあ中野さんは、二週間もいったいどこに？」

「それが、さっぱりわかんないんだ。あいつが戻るまで、こっちは気が気じゃなかった。何か悪いことでも起きてるなら、警察に届けなきゃいけない。でもそうすると、学校に知られることになる。親がいないからあいつ、学費はだいぶ免除してもらってたんだ。それでも生活費が足りなくて、ピザ屋で遅くまでバイトしてた。写真の勉強がしたくて一生懸命なのに、変なことで問題起こして、学校を追い出されたら元も子もない。どうしたらいいかさんざん迷って、じりじりする思いで待って、ようやく帰って来たときは本当に、心底ほっとする思いだった」

当時のことを思い出しているのか、森本が顔をしかめる。

「それなのに帰って来た俊介は、詳しいことを一切話さなかったってことか？」

「そうなんです。そうなるとこっちも面白くなくて、心配かけやがってって、意地になってしまって、あいつが自分から説明するまでは絶対に訊いてやるかって……」

「まぁ、気持ちはわからんでもないわなぁ」

「それで結局、詳しいことは訊かずじまいなの？」

「卒業して何年かして、わだかまりが収まった頃ちょっと話題にしてみたりもしたけど、あいついっつも、ああとかうんとか、あいまいな返事しかしない。だから、もう別にいいやって、今日までずっとそのまんまだ」

「帰って来たときに中野さん、どこかケガをしてたり、具合が悪そうだったりとかは？」

「別になかった。ちょっと痩せたかなっては思ったけど、体調も特に問題ないみたいだった」

「謎の、空白の二週間か。あの冷蔵庫の写真と、何か関係があるってことなのか？」

「さあ……」

森本が、困ったように首を傾げる。

「美咲ちゃんがよく似た冷蔵庫を見たってのは、いつのことなんだ？」

「中学二年の夏ですから、十年以上前のことになります」

「俊介が写真を撮ったのと、だいたい同じか」

「そうなりますね」

森本が頷く。

わたしが中学二年のとき、中野と森本は、専門学校の二年だったということになるのだろうか。

「場所は？」

「やっぱり住宅地です。古い家が多い中に、更地になってる場所がひと区画あって、そこに冷蔵庫がありました。生け垣に囲まれた敷地の内側に、大きな冷蔵庫だけ、取り残されたようにあったんです」

「俊介の写真も、写ってるのは冷蔵庫だけだしな、美咲ちゃんがよく似てるって言うんなら、同じ冷蔵庫の可能性が高いか」

「実際に見てるわけですからね。時期もほぼ合ってますし」

「あとは俊介に訊くだけってことになるが……美咲ちゃんは、同じ冷蔵庫かどうか確認したいってことか？」

「それもありますけど……」

「他にも何か、知りたいことがあるのか？」

「中野さんが、そこで誰かに会わなかったかどうかを知りたいんです」

「誰か？」

「わたしその頃、ピアノ教室に通っていて……」

「病院でも、ピアノを弾いてるって言ってたよね」

「うん」

森本は、わたしが勤務先の小児科で子どもたちのために、ときどきピアノを弾いていることを知っている。

佐伯由貴奈ピアノ教室。

そこに通ったのは、一年と少しという短い時間だった。でもその時間があったからこそ、わたしは今日までピアノを弾き続けることが出来ている。子どもたちの楽しそうな顔を、見ることが出来ているのだ。

「わたし、その先生のことが大好きだった」

あの家での日々のことを、わたしは森本と大山に話し始めた。

ピアノ教室　憧れ

もっとピアノを弾いて欲しい。

わたしのそんなわがままを聞き入れて、由貴奈は会ったばかりのわたしを、ピアノが置かれた部屋に招き入れてくれた。

広々としたリビングと比べると、半分もないような部屋だった。木目調のアップライトが壁際に置かれていて、脇に小さな本棚があるだけで、あとは円形のラグとテーブルしかない。二方向に窓があるので明るいが、ピアノ教室をしていた部屋にしては淋し過ぎる気がした。由貴奈が家を出るときに、雑多なものは全部片付けてしまったのだろう。小さな本棚には、一冊も本が入っていなかった。

「エアコンが故障してるの」

言いながら、由貴奈が肩をすくめた。

窓が開いていた。そのせいでピアノの音は、向こうの通りまで聞こえていたのかもしれない。

「教室をちゃんと始めるには、まずエアコンを直さないとね。しょっちゅうピアノの音が漏れたんじゃ、さすがにご近所から苦情が来るもの」

ピアノに限らず、練習中の音は耳につく。何度もつかえたり、同じ個所ばかり弾いたりと、それが気にかかるのだ。滑らかな曲なら気にならないような音量も、練習中の音となるとそうもいかない。

わたしも、ちゃんとしたアップライトを買ってもらったのは、新しい家に引っ越してからだった。それまでは、ヘッドフォンをして弾くことの出来る、電子ピアノをずっと使っていた。

「小さい子にばかり教えていたから、ソファを置くとかえって危ない気がして、ラグにしていたの。掃除機はちゃんとかけたから、どうぞそこに座って」

言いながら由貴奈は、南に面した窓に寄せて敷かれている、淡い茶色の、丸いラグを指し示した。

「何を弾けばいい？」

「さっきの曲」

「洋上の小舟」

「暗譜してるんですか？」

ピアノの蓋は開いていたが、譜面台には何も置かれていなかった。

「組曲『鏡』は好きで、よく弾いていたの。うろ覚えの部分ももちろんあるけど、洋上の小舟と、第二曲の悲しい鳥たちなら大丈夫」

「じゃあ、その二曲を」

「了解」

楽し気に頷いてから、由貴奈はピアノの前の椅子に腰かけた。

右足がペダルに伸び、両手がすっと鍵盤に上がる。すぐに曲は始まった。

洋上の小舟。

ついさっき、通りまで聞こえていた曲。

由貴奈の言った通り、低音から高音まで目まぐるしく動き回る、忙しい曲だった。左右の手をくっつくほど狭めたかと思うと、すぐに、三オクターブ分も大きく広げる。腕の動きはしなやかなのだ。でも十本の指は、速いスピードで絶えず動き続けている。

繊細で、不安定な旋律。

外で聴いたときに感じた印象が、さらに強くなるようだった。美しいだけではない音の並びが、ピアノという楽器を夢のような場所から、すぐそこの、目に見える場所まで引き寄せてくれる。でも次の瞬間、また遠のく。

これまで知らなかった、ピアノの肌触りのようなもの。触れられるかもしれないと思ったとき、曲は静かに終わった。そして次の曲に移る。

悲しい鳥たち。

目まぐるしかった洋上の小舟とは違い、静かな曲だった。ごく小さな高音が、ゆっくりと連続する。でも「悲しい」とタイトルにあるように、余韻としての不安はずっと続く。鳥たちのさえずりは、急に賑やかになったかと思うと、またすぐ静かになる。繰り返しながら、曲は進んで行く。この鳥たちはいったい何を悲しんでいるのだろう。考えているうちに、曲は消えるように終わった。

ピアノの音が途切れると、心の中まで空っぽになった気がした。

わたしの内側がしんとして、これまで当たり前にあった感情さえ、全部どこかへ行ってしまったようだった。何もかも、時間まで止まっている気がした。

「弾いてみる？」

由貴奈に声をかけられて、ようやく時間が動いたのだ。

慌てて首を振った。

弾けるはずなどない。自分の演奏を今聞いてしまったら、もう二度と、ピアノを弾きたくなくなってしまいそうだ。

ペダルの使い方が違う。

指先の動きが違う。

鍵盤の押さえ方も。由貴奈は何通りも使い分けているのに、わたしはいつも、同じ押さえ方しかしていない。

「楽譜がないものね。チェルニーやバイエル、何冊も置いてたんだけど、母が亡くなって一度戻って来たときに、古い本と一緒に全部処分してしまって……」

「でもピアノは、ずっと続けていたんですよね？」

ピアノ教室はやめても、どこか違う場所で、ピアノを弾き続けていたはずだ。そうでなければ、あんなふうに指が動くはずはない。

「ラウンジピアニスト。食事をしたり、お酒を飲んだりするときのＢＧＭね。邪魔にならないように、控えめに」

「でも……」

「買いかぶらないで。わたし程度に弾ける人は、世の中にたくさんいるわ。演奏そのものを商品に出来る、そんな人は本当に、ごく一部」

「……」

「でもね、そこまで行きつける可能性は誰だって秘めている。もちろん、あなたも」

「習いに来てもいいですか？」

由貴奈がまたピアノ教室を始めるなら、今通っている教室をやめて、すぐにでも来たいと思った。

「教室をまた始めること、確かに考えてはいるけど、まだちゃんと決めてないの。もちろん仕事はしなきゃいけない。でも父のことがあるから、長い時間留守には出来ない。どうするのが一番いいのか、帰って来てから一週間、ずっと迷ってる」

「今みたいなピアノを聞いたら、習いたいって思う人はたくさんいると思います」

学校でも、ピアノを習っている子は何人もいる。由貴奈のピアノならきっと、他の女の子たちの気持ちも、あっという間にとらえてしまうはずだ。

「ありがとう。でもね、まだいろいろ、考えてみないといけないことがあるのよ」

ピアノの椅子を離れ、由貴奈はラグの上に座った。窓から入り込む風に揺れる、レースのカーテンに目をやっている。

いったい何を迷っているのだろうと、わたしは不思議だった。

確かに、もっと上手な人はたくさんいるかもしれない。でも由貴奈のピアノは、これまで習ったどの先生よりも上手だと感じた。それに、長い時間留守に出来ないなら、家で出来る仕事をする以外、他に選択肢はないはずだ。

由貴奈の横顔が、何となく悲しげに見えたのは確かだ。

でもわたしはこのとき、理由について深く考えることはなかった。あんなに上手にピアノが弾けるのに、何故それを仕事にしないのだろうと、単純に考えていたからだ。難しい曲をあんなふうに弾ける由貴奈が、とてもうらやましかった。由貴奈に習うことが出来れば、わたしもきっと同じように弾けるはずだと思った。

「今習っている先生のことは、あまり好きになれないの？」

「これまで習った先生たちはみんな、優しい先生ばかりでした。今の先生も、ピアノは厳しいけど、普段は優しい先生です。でも……」

「堅苦しいって、さっき言ってたわよね」

「楽譜通りの指使いは大事だからって、ものすごく厳しい」

「それは本当のことよ。みんなが最初に弾くバイエルは退屈だけど、基本を指に覚え込ませるためには、とても大切な教本だもの」

「基本が大事だってことは、よくわかります。でも、曲がどんどん難しくなってくると、こっちの指のほうが弾きやすいのにって思うところが、たまにあったりする。そんなときも、楽譜通りじゃないとだめなのかなって……速度記号も、先生は全部楽譜通りにって言うけど、なんでここで急に早くなるんだろうとか、ゆっくりになるんだろうとか、考え始めると、どんどんわからなくなってきて……」

「Allegroとか、Andanteとか」

「発想記号になるともっとわからない。優美にって、何それ？」

「本当ね」

頷きながら、由貴奈が楽しそうに笑う。

「けど、速度記号が大事なように、発想記号もやっぱり大事。曲を作った人間の側から見ればね。淋しい風景を表現したくて、静かにゆっくり弾いて欲しいのに、弾みながら軽やかに弾かれたら、それは違うって、やっぱり言わなきゃいけない」

そこの弾き方は違う。

今習っている先生の口調を、わたしは思い浮かべた。

もっと悲しそうに。

途中で止めて言われても、そこからどうやって始めればいいのか、途端にわからなくなる。

「曲のその部分をどんなふうに弾いて欲しいのか、大まかな指示は大事にしなければいけない。ラヴェルにしろショパンにしろ、曲を作ったその人に、敬意を払うって意味でもね。でも、悲しげにって指示をされて、どんな悲しみを思い浮かべるかは、弾く人間が自分で考えるべきことだと思うのよ」

何が言いたいのだろうと、わたしは由貴奈の顔を見つめた。

「言い換えれば、どんな悲しみを思い浮かべるかは、弾く人間の自由ってことね。だから、Galante、優美にって言われて、何を思い浮かべるかはあなたの自由。あなたにとって優美に見えるもの、王宮で着るようなドレスでも、平安時代の十二単でも、何でもいい。あなたの心が、優美だって思えるものなら。ため息が出るくらいきれいで、ちょっと近寄りがたくて、でもやっぱり触れてみたい、憧れる……そういうもの、何かある？」

「えっと……あ、外国のウエディングドレス。ちょっと前にテレビで見た、すそがものすごく長くて、着るのが大変そうで、自分で着たら絶対に歩けない。でも、レースが何重にもなってて、豪華で、ため息が出るくらいきれいだった。すぐ近くで、本物を見てみたいって」

「それでいいのよ」

由貴奈がわたしに向かって頷いた。

「なんてきれいなんだろうって、あなたの中に生まれた憧れの気持ちを、忘れず大事にして」

「憧れの気持ち」

「他にも、ちょっと練習してみましょうか。例えばCalmatoは、静かにとか、穏やかにだけど、あなたにとって、しんとして音が少なくて、でも心が落ち着いて穏やかになれる、そう感じるものは何？」

「静かなのは……図書館。いつもそう思う。入ってすぐは、静かにしなきゃってちょっと緊張するけど、慣れてくると落ち着いて、本を読みながら、呼吸がだんだんゆっくりになる感じ」

「ほら、自分のことなら、わかるでしょう?」

「ほんとだ、すごい。今の先生も、そんなふうに教えてくれたらいいのに」

「表現を教えるって、難しいわ、とても」

「でも今、わかりやすかった」

「感じ方のヒントを言っただけよ。表現を教えたわけじゃない。あなたが感じたものをどう曲に映し出すか、それは、あなた自身にしか出来ないことだもの」

「わたし自身……」

ウエディングドレスのように優美に。図書館のように静かに。

それを、曲に映し込むにはどうしたらいいのだろう。頭の中で思い描きながら弾けば、自然とそうなるのだろうか。

「発想記号は本当にたくさんあるから、普段から、周りにあるものをよく見ておくのがいいと思う。これは楽しい、これは優しい、これは悲しい。見たときに、自分の中にどんな感情が生まれるのか、よく気をつけながら」

帰り際、由貴奈のメールアドレスを教えてもらった。

あと一週間経って、わたしがまだ由貴奈に習いたいと思っていたら、メールをくれればいい。

由貴奈自身はそのときまでに、ピアノ教室をどうするのか、ちゃんと考えておく。

「お邪魔しました」

庭仕事に戻っていた父親に声をかけると、顔を上げて、「またいらっしゃい」と言いながら見送ってくれた。

通りに止めたままだった自転車はそのままで、飼い主の帰りをじっと待つ、ちょっと淋しげな犬のようだった。乗り慣れた自転車が、そんなふうに見えたのは初めてのことだ。

お待たせ、ごめんね。

心の中でつぶやいてから、わたしはハンドルに手をかけた。


それから一週間が過ぎても、由貴奈からピアノを習いたいというわたしの気持ちは変わらなかった。

というよりも、由貴奈から習えるように、一週間かけてずっと、少しずつことを運んでいたのだ。最初にしたことは、今通っている教室をやめたいと母に相談することだった。教室を見つけ出してきたのは母だし、何の問題もなく通い続けていると、疑ってもいないはずだ。突然やめたいと言い出せば、教室で何かあったと考えるだろう。母が直接先生に問い合わせをする、そんな事態は絶対に避けたいと思った。

今の先生に、問題があるわけではない。理不尽な叱られ方をしたことはないし、意地悪を言われたこともない。ピアノの弾き方に対する考え方が、少し違っているだけなのだ。もしかしたら今の先生も、由貴奈のようにわかりやすく説明してくれたら、納得出来る部分もあったのかもしれない。でも先生はただ、楽譜通りにと繰り返すだけだった。生意気かもしれないが、結局はそれが、わたしの反発を招いてしまったのだ。

ピアノを弾き続けることが、わたしにはどうしても必要だった。

音大に行きたいとか、ピアニストになりたいとか、そんな理由からではない。週に一度、必ずピアノ教室に通う。そのための練習があるから、一人で過ごすことが出来る。なくなってしまったら、学校から帰って、誰もいない家で、夜まで何をすればいいのかわからない。今日はこの曲を練習した、先生とこんな話をした、その会話が全部なくなってしまったら、母と何を話せばいいのだろう。休みの日、新しく弾けるようになった曲を演奏する。その時間がなくなってしまったら、わたしは父に、いったい何を見せればいいのだろう。勉強が出来るわけでも、運動が出来るわけでもない。本をたくさん読むわけでも、絵が上手なわけでもない。そんな、何もないわたしだけが残されてしまう。考えるといつも、端から少しずつ、自分の形が消えていくような気がした。

もっと他に、興味を持てるものがあればよかったのかもしれない。でも当時のわたしは、他の女の子たちが夢中になるような、アイドルとかアニメとかゲームとか、その手のものにはほとんど興味がなかった。学校では適当に話を合わせていたが、自分から進んで会話に加わるようなことはまずなかったのだ。ピアノの練習ばかりしている。次のレッスンまでに、この練習曲をどうしても弾けるようになりたい。わたしにとって学校ではそれが、興味のない話題を口にしなくても済む、とても便利な言い訳だった。部活も寄り道もせずさっさと帰っても、ピアノの練習のためだと、誰もが思ってくれていたはずだ。

ピアノを弾いているから大丈夫。

仕事が忙しくてなかなか休めない母は、わたしがそう答えるといつも、ほっとした顔をした。父だって、同じことを考えているから家まで買って、ピアノを置く部屋を作ってくれたのだろう。

だからわたしは、先生と考え方が違っても、演奏記号の全部をうさん臭く思っても、そう簡単にピアノをやめるわけにはいかなかった。わたしの日常を支える言い訳の全部が、一度に消えてしまうことになるからだ。でも息苦しかった。楽譜通りにと言われるたび、あなたには何も見えていないと、指摘されている気がした。

そんなとき、由貴奈の演奏を耳にしたのだ。

あの瞬間わたしは、面倒な理由など全部飛び越えて、由貴奈のように弾きたいと心から願った。ピアノの音に、初めて憧れた。もう何年も弾き続けていたのに、ピアノという楽器があんな音を出すことを、わたしは少しも知らなかったのだ。

いや、たぶんわたしは、ずっとピアノが好きだったのだ。本当は、ピアノが好きで好きでたまらなかった。でも自信がなかった。他の物事に対するのと同じように、ピアノに対しても自信が持てなかった。あなたには才能がないと、いつか言い渡されることが怖かったのだ。だから、妙な理屈をつけて必死でピアノを続けていた。

でも由貴奈のピアノはわたしから、そんな臆病な覆いを一瞬で取り除いてしまったのだ。

ただ、弾きたい。

それ以外いったい何があるのかと。

「学校から帰る途中の家に、ピアノ教室が出来るかもしれない」

わたしは母に、そう切り出すことから始めた。チェルニーの30番は、もっと上手な先生から習いたい、ずっとそう思っていたことも話した。そして、たまたま耳にした由貴奈の演奏が、これまで習ったどの先生よりも上手だったことを、一生懸命に説明した。一度家まで上がり込んだことは、まだ言わずにいた。通りまで聞こえていた演奏が本当に素晴らしくて、立ったまま、ずっと聴いていた。あの人に習うことが出来るなら、明日からでも通いたい。

佐伯由貴奈ピアノ教室。

看板に書かれていた文字を母に伝えた。二、三日すると母は、どこから仕入れてきたのか、由貴奈に関する情報をわたしに話し始めた。

二十年くらい前に、あの家でピアノ教室を開いていた。でも結婚して、遠くへ行くということでやめてしまった。その後離婚して、最近になって戻って来たらしい。

母としては、「実績のある先生」の教室をやめてまで、通う価値のある人物なのか気になったということなのだろう。

「ふうん。でもそれ、ピアノを弾くこととは何の関係もないと思う」

母がすぐ無言になったのは、わたしの口調がひどく冷ややかだったからだ。わたしとしては、いら立ちを押さえるのに必死だった。癇癪を起こして、怒鳴りつけてしまわないように。その反動として出たものが、突き放すような冷たい声だった。

由貴奈がピアノ教室を始めることになったら、とりあえず、試しに何度か通ってみる。それで母は頷いた。納得したわけではないようだったが、娘の考えを、頭ごなしに否定してもいけないと考えたのだ。少し時間をかければ、おのずと答えは出るだろう。ずっと外で仕事を続けてきた人間の、慎重で落ち着いた考えも、そこにはあったのかもしれない。

〈どうしても、佐伯さんにピアノを習いたいと思っています。〉

一週間経って、わたしはすぐ由貴奈にメールをした。

〈ピアノ教室を始めてみることにしました。準備はまだ出来ていませんが、いつでも寄ってください。〉

由貴奈からの返信を見て、わたしは飛び上がるほど嬉しかったのだ。翌日、学校帰りにさっそく、由貴奈の家に立ち寄った。

自転車を佐伯家の前に止めると、由貴奈の父親がまた、「お入りなさい」と門のところで迎えてくれた。そして今度はリビングではなく、ピアノのある部屋にまっすぐ上がり込んだのだ。

部屋に入ってすぐに驚いた。一週間前とは、部屋の雰囲気がずいぶん違っていたからだ。丸いラグとテーブルは同じものだったが、細かなビーズの入った、形が自由に変わる大きなクッションが二つ置かれていた。座り方によっては、ソファのようにもなるものだ。空っぽだった本棚には、楽譜や、ピアノ関連の雑誌が何冊も収まっていた。その隣には以前なかった棚があり、小型のステレオセットが置かれていた。

そしてエアコンは、新品に換わっていた。

「何もかも新しくするってわけにはいかなかったけど、カーテンはあれから、一度洗濯したのよ」

テーブルに麦茶を置いてくれながら、由貴奈が微笑んだ。確かにレースのカーテンは真っ白で、ふわりといい香りがした。

「父のことがあるから、以前のように、小さいお子さんに来てもらうのは無理だと思って、中学生以上ってことにしたの。もう一度ピアノを始めたいって言う、大人の方も大歓迎。大人のピアノ教室は少ないから、遠くからでも、通ってきてくださるかもしれない」

父親の具合が急に悪くなったとき、小さな子どもがいては、対処に困ってしまうからだと由貴奈は話した。中学生以上なら、長い時間でなければ一人で練習していられるだろう。その間に、父親の面倒を見ることが出来る。急に病院ということになっても、一人で帰ってもらうことも出来る。

「父の状態が急に悪くなったら、せっかく教室を開いてもすぐに閉めなきゃいけなくなってしまうって、ずっとそれを心配してたんだけど……でも、先のことを心配してたら何も出来ない。あなたがわたしのピアノ、まっすぐに褒めてくれたから、決心がついた気がする」

「あのときは本当に驚いたんです。ピアノの音を聴いて、あんなに引き込まれたのは初めてだったから」

「ちょっと褒め過ぎな気もするけど」

「佐伯さんみたいに弾きたいって、ほんとに思いました」

「由貴奈でいいのよ。あなたのことは、美咲ちゃんでいい？」

「はい。じゃあわたしは、由貴奈先生」

日下美咲。それがわたしの名前だが、由貴奈の父親は、来るたびに違う名前でわたしを呼んでいた。いちいち訂正するのも面倒だったので、苦笑しながら返事をしていたのだ。

父親が何人もの名前を憶えるほど、以前はたくさん生徒が通っていたのだろうか。

それを考えると、少し淋しくもあった。そのあともわたし以外は、大人が何人か通い始めただけで、子どもの生徒はしばらく増えなかったのだ。「離婚して戻って来たこと」を、みんなが知っているからだろうか。でも由貴奈のピアノを聴いたら、全部どこかに吹き飛んでしまうのに。わたしはいつも、そう思っていた。

「レッスン方法なんだけれど、チェルニーの30番をこのまま続けてもらうことと、練習曲だけじゃ味気ないから、好きな曲を一曲選んでもらって、並行して練習していくっていうのはどうかしら」

「え、好きな曲を選べるんですか？」

そんなことは初めてだった。発表会のときでさえ、候補を何曲か先生が選んで、その中から決めるという形だったのだ。

「弾きたい曲を弾く。これ以上の上達方法はないと思うのよ。もちろんある程度は、今の技術に見合ったものをってことになるけれど」

「わたし、ラヴェルが弾きたい」

先週初めて聴いてから、組曲『鏡』が忘れられなかったのだ。母に頼んで、インターネットでCDを注文してもらうつもりでいた。でも由貴奈のことを持ち出してから、何となく気まずい雰囲気が続いていた。由貴奈が弾いていた曲だと、言い出すことがなかなか出来なかったのだ。

「この間わたしが弾いた曲は、今の段階だとまだ難しいわね」

「他に、わたしが弾けるようなラヴェルは？」

「そうねえ、『ソナチネ』から入るのもいいし、『古風なメヌエット』も、片手ずつ練習すれば……ちょっと待って」

由貴奈は立ち上がると、小型のステレオセットがある棚の下から、CDを一枚取り出してきた。

「これを持って帰って、一度聴いてみるといいわ」

「いいんですか？」

「もちろんよ。自分の耳で聴いてみるのが一番。弾きたいって思う曲があったら、楽譜を取り寄せるから」

「ラヴェルの中で一番難しい曲は？」

「組曲『夜のガスパール』の、スカルボ」

「由貴奈先生は弾ける?」

「弾けない」

「チェルニーの50番まで終わったら、弾ける?」

「たぶん無理」

「そんな……」

さあこれからというときに、いきなり高い壁を見せつけられたような気がした。

「聴いてみればわかるわ。弾いているのは、野田マリカ」

クスリと笑うと、由貴奈はステレオセットにCDを入れた。

曲を聴き終えて、わたしは完全に絶句していた。

「どう?」

「……野田マリカは手が四本あるの?」

本当にそう思ったのだ。普通の人間が、ここまで複雑な曲を弾きこなせるはずがない。

「二本よ、間違いなく」

「こんな曲が作れるなんて、ラヴェルってすごい」

「本当ね」

幼稚園から続けているとはいえ、数えきれないほど存在するピアノ曲の、端っこの部分をちょっとかじっただけ。それを、あらためて思い知らされた気がした。

「野田マリカはね、ラヴェルの一番弟子だったペルルミュテールに直接ピアノを習っているの。現役のピアニストで、一番ラヴェルに近い存在ってことでもあるかもしれない」

「指使いがものすごく速かった」

「そう、このスピードで弾くのはまず無理。技術の正確さとか曲の解釈とか、その辺をまずは学び取りたいわね」

「出来るかな……」

「投げ出さずに繰り返し練習すれば、技術は間違いなく上がっていく。でも表現力は、なかなかそうはいかない」

「発想記号の弾き方？」

「この間ちょっとだけ話したように、あなたがあなたらしいピアノを弾くにあたって、楽譜に書いてあることは一つの目安で、そのさらに先ってことね。表現力っていうのは、練習だけじゃ身につかないものだから大変」

「たくさん練習しても、上手にはならない？」

「例えば、楽しくっていう指示があって、楽しいことがどういうことかわかっていれば、表現するのはそれほど難しくない。でも、憂鬱にとか、孤独にとか、言葉自体が難しい指示のとき、憂鬱や孤独がどんなものかわからなければ、表現のしようがないでしょう？」

悲しい鳥たち。

由貴奈が弾いてくれた曲だ。

音だけに耳を澄ましていたが、鳥はそもそも、悲しみを感じるのだろうか。

「由貴奈先生は、悲しい鳥たちを弾きながら何を考えていたの？」

ウエディングドレスのように優美に。図書館のように静かに。

先日由貴奈はわかりやすく、感じ取る方法を説明してくれた。

「話したら美咲ちゃん、きっと笑うわ」

「でも知りたい！」

「わたしはね、悲しさとか淋しさとか孤独とか、その手の指示があったときはいつも、冷蔵庫を思い浮かべるの」

「え、冷蔵庫？」

思いがけない答えに、わたしは目を見開いた。

「ずっと前、子どもの頃にね、空き地に捨てられてる冷蔵庫を見たことがあって、新しい冷蔵庫を買うことになって、古い冷蔵庫がいらなくなったんだなって、見ていて悲しかった。それまでは大事にされていたはずなのに、きちんと処分されるんじゃなくて、どこかの山とか空き地に無造作に捨てられてしまう。そういう冷蔵庫って、結構多いと思うのよ」

「……」

自分の家のキッチンにある、大きな冷蔵庫をすぐに思い浮かべた。新しい家に引っ越すとき、大きなものに買い替えたのだ。それまで使っていた冷蔵庫は、どこに行ってしまったのだろう。

「横倒しになっているならまだ、大きなゴミって思えるかもしれない。でも、外にあるのに、キッチンにあったときと同じように立ったままだったら、ものすごく悲しいし、ものすごく淋しい。それに、冷蔵庫の身になってみれば、ものすごく孤独だと思う。賑やかなキッチンには、もう二度と戻れないのに」

冷蔵庫のように孤独に。

そう考えながら由貴奈はいつも、悲しい旋律を弾いているのだろうか。

「でもこれは、わたしの感じ方。あなたには、あなたの感じ方がある。……わたしが言いたいのはね、背伸びをせず、無理をせず、あなたが今わかると思える曲を選んで、弾いて欲しいということ。技術的に楽な曲という意味じゃない。あなたの心が、わかると感じる曲。その曲に、あなた自身が感じたことを映し込んで、丁寧に弾いていく。それが結局は、感情表現を豊かにしてくれる、一番の近道だと思う。わからない曲を今、無理をして弾くことはない」

「由貴奈先生みたいに弾けるようになりたいって、思ったのに」

「それはだめよ」

「え？」

「目標を見つけたらこう思わなきゃ。由貴奈先生よりも上手くなってやる！」

由貴奈の言葉に、二人で笑った。

ピアノを習いに来て笑うなんて、初めてのことだった。緊張し通しというわけではないが、これまで通ったどの教室も、声を上げて先生と笑い合うようなことはなかったのだ。

由貴奈の言葉はとてもわかりやすかった。「先生」でもない、「友だち」でもない、これまで出会ったことのない存在。まだ二度しか会っていないのに、わたしは由貴奈という存在に、すっかり夢中になっていた。

「ところで、お父さんやお母さんは、ここにピアノを練習しに来ることをご存知なのよね？」

「はい。今の教室をやめること、母はちょっと不満みたいだけど、でもちゃんと説明しました」

「そう、ならよかったわ。わたしからは、お手紙を書かせていただくわね」

「そんなこと、気にしなくても……」

「だめよ、お月謝をいただくんだから、きちんとしないと。レッスンの開始は、来週ってことにしておくわね。曜日はいつがいい？」

「何曜日でも。由貴奈先生の都合は？」

「ないわよ。あなたが最初の生徒だもの」

「じゃあ、月曜。土日に目いっぱい練習してきます」

「無理は禁物。曜日の変更も、前日にでも連絡してくれれば構わないから」

「はい」

学校の帰り道に寄るので、時間はだいたい四時ごろと決めて、その日は帰り支度を始めた。

野田マリカのCDをカバンに入れて、来週の月曜にと言って玄関を出ると、由貴奈の父親がまた門の脇で庭仕事をしていた。

「お邪魔しました」

声をかけると、立ち上がって門扉を開けてくれた。

「またいらっしゃい」

穏やかに言う父親の中でわたしは、以前ここに通っていた生徒のうちの誰かになっているのだろう。でも次に来るときからは本当に、わたしはこの教室の生徒なのだ。

考えるだけで、気持ちが弾むようだった。

「由貴奈先生は本当に、ピアノが上手ですね」

「そう。あの子は昔から、誰よりも上手だった。……人としては許されないことをしたけどね、でも今もピアノだけは、変わらず上手だから」

「……え？」

何気なく聞き流してから、慌てて父親を見た。でももう元の場所にしゃがみ込んで、何事もなかったように、庭仕事を始めてしまっていた。

確かに見たもの

病院での仕事を終えたあと、翌日もわたしはギャラリー「Anything Goes」に足を向けた。祖母の墓参りを終えた中野が、戻って来たという連絡が森本からあったからだ。

「夕方過ぎにはギャラリーに行くって、さっき中野からメールが来た。明日の朝までずっと展示室にこもる気でいるみたいだから、日下さんの都合のいいときに来てくれて構わないよ」

「邪魔にならない？」

小児科の隅っこまで行き、森本に電話を掛けながら、わたしは中野の顔写真を思い返していた。森本が見せてくれた中野の写真は、仏頂面という言葉では足りないほどの仏頂面だったのだ。あれが普段の顔だというなら、本当に機嫌の悪いときは、いったいどんな顔になるのだろう。

口数が少なくて気難しくて、仏頂面のまま年中写真ばかり撮っている。

わたしの中ではそんな「中野像」が、すっかり出来上がってしまっていた。

「こもるって言っても、ずっとパネルと向き合うってことじゃない。食事だってするし、コーヒーだって飲む。冷蔵庫のことは、前もって中野に話しておくから」

「でもやっぱり、展示の準備が終わるのを待ってからのほうが……」

「あの写真を撮ったとき、中野がピアノの先生と会ったのかどうか、訊いて確かめるだけだ。会ったのか会ってないのか、中野が憶えていれば話はすぐに済む。そこまで気を遣う必要はないよ。それに、中野はあの写真を原点だって言ってるけど、本当のところはどういうことなのか、中野以外は誰も知らないんだ。行方不明だった二週間が関わってるんなら、この際はっきりさせたほうが、僕も気持ちがすっきりする。心置きなく、あの写真の照明に取り組める」

「そう言ってもらえると、わたしも心強いけど……」

「何度も言うけど、中野は年中あんな顔で、口数も少なくて無愛想だけど、悪いヤツじゃない。人を怒らせようとしてるわけじゃなくて、ただ単に、人としゃべるのが下手くそなんだ。僕もあまり人のことは言えないけど、中野はさらに輪をかけて社交性がない。もっと悪いことに、それを何とかしようと、本人は微塵も思ってない。でも、日下さんにとって必要なことだってわかれば、あいつだってちゃんと考えるはずだ。話せることは話してくれると思う。だから、遠慮なんかしないで、知りたいなら確かめよう。十年以上ずっと、気になってることなんだろ?」

「うん……ありがとう」

また七時頃になると思うと伝えて、電話を切った。

森本は励ましてくれたが、バスに乗ってからも、わたしはずっと気が重かった。行方不明だった二週間について、中野は親友である森本にさえ何も話していない。中野にとってはきっと、何か重要な意味を持つ出来事だったのだろう。それなのに、まだ会ったこともないわたしが、いきなり押しかけて聞き出そうとしている。

緑色の冷蔵庫。

あの大きな写真パネルを見てからわたしは、何度となく佐伯由貴奈の言葉を思い返している。全部、わたしが都合よく見た幻だったのかもしれない。

突然ピアノ教室を閉めると言い出して、本当に悲しそうな顔で由貴奈はそう口にした。わたしは何とかして、教室を続けて欲しかったのだ。由貴奈だって本当は、出来ることなら続けたいと思っていたはずだ。でも状況が許さなかった。当時通っていた生徒のほとんどが、一度に教室をやめてしまったからだ。

ピアノ教室を始めて一年近くが過ぎる頃、由貴奈の父親の具合は少しずつ悪くなり始めていた。家の中でぼんやりしている時間がずいぶんと増えて、他にどこか具合の悪いところもあったのか、食欲もずいぶんと落ちてしまっていた。そんな父親と二人きりでいることが気詰まりだったのか、由貴奈は時折、散歩に出かけていた。近所をぐるりと歩くだけという短いものだったが、由貴奈にとっては、いい気晴らしになっていたのだろう。

その途中で、由貴奈は冷蔵庫を見つけた。

以前は家が建っていた場所で、変わらず家があるものと思いこんでいた。でも生け垣があまりにも伸び放題で、手入れをする人間がいないのか、日に日に荒れていくのがわかった。あるとき由貴奈は、散歩ついでに敷地の中をのぞき込んでみたのだ。そこに思いがけず、大きな冷蔵庫を見つけた。

夢のようだった。

由貴奈は言った。家があったはずの場所に家はなく、地面を雑草が覆っていた。敷地をぐるりと囲む生け垣は、入り口がどこだかわからなくなるほど伸び放題で、枝をかき分けなければ外側からは何も見えない。そんな敷地の真ん中に、冷蔵庫だけがぽつんとあった。緑色の、大きな2ドア冷蔵庫。緑色と言っても、ペパーミントグリーンやライムグリーンのような、可愛らしい色ではない。何十年も前に主流だったという、透明感の全くない、濃い黄緑色だ。キッチンだった場所に、冷蔵庫はそのまま立っているように見えた。古い冷蔵庫のはずなのに、外見がずいぶんときれいだったからだ。冷蔵庫だけをその場に残し、他の何もかもが消えてしまったかのように。

それから由貴奈は、散歩に出るたびに冷蔵庫を眺めるようになった。

このとき由貴奈が見ていた冷蔵庫こそが、中野が写真に撮った冷蔵庫なのだ。

そして中野は、冷蔵庫のそばで一度由貴奈に会っているはずだ。そのとき由貴奈と何を話して、どのくらいの時間一緒にいたのか。もう十年以上も前のことになるが、わたしはどうしても確かめたいと思っている。

由貴奈から話を聞いて何日かしたとき、わたしも冷蔵庫を見に出かけた。七月で、夏休みに入るか入らないかのときだ。由貴奈が言った通り、伸び放題の生け垣の内側、雑草に覆われた広い敷地の真ん中に、冷蔵庫はぽつんと立っていた。生け垣や雑草の色に溶け込むような、濃い黄緑色。何となく怖くなって、外側からのぞき込んだだけで、わたしは敷地の中まで入ることが出来なかった。冷蔵庫に近づくことが出来なかったのだ。それでも、背の高い生け垣の様子も、隣の敷地に建つ二階建て家屋の様子も、まだちゃんと憶えている。夏休みが終わる直前にまた行ってみたが、冷蔵庫はなくなっていた。土地の持ち主が気づいて、片付けてしまったのかもしれない。

それ以来一度も見ることのなかった冷蔵庫が、大きな写真パネルになって、突然目の前に現れたのだ。本当に思いがけず……。

昨日と同じバス停で降りて、ギャラリー「Anything Goes」の前に立った。

昨日と変わったところなどもちろん一つもない。ギャラリーの看板よりもよほど目立つ、「星の湯」という看板もちゃんと掲げられている。

でもこの中には今、大山や森本だけでなく、中野もいるはずだ。

深呼吸を一つして、曇りガラスの入った引き戸を開けた。

昨日と同じように靴を脱いで、板の間に上がって、奥にある「女湯」の扉に手をかける。

扉は二つ、「男湯」と「女湯」とがあるが、中は一つの空間なので、どちらから入っても変わらない。それでもわたしは「女湯」から入り、森本は「男湯」の扉を使っていた。オーナーの大山さえ「男湯」から出入りしていたことを思い出し、扉に手をかけた瞬間、わたしは吹き出してしまっていた。緊張しているはずで、ここで思い出し笑いもないだろうに、「慣習」にとらわれた自分たちの行動が何ともおかしかったからだ。中野はどちらの扉から入ったのだろうと、つい考えてしまっていた。やはり中野も、あの仏頂面のまま、「男湯」の扉に手をかけたのだろうか。

展示室に入ると、中野の姿がすぐ目の前にあった。

例の巨大なパネルが入ってすぐの壁にまだ立てかけてあり、中野がそのパネルと向き合っていたからだ。

「お邪魔します。あの……わたし、日下美咲です。初めまして」

昨日と同じ場所、右手の奥にしゃがんでいた森本が、すぐに立ち上がるのが見えた。大山の姿はない。展示室の裏手に以前はボイラー室だった小室があり、事務所として使っていると言っていたので、そちらにいるのかもしれない。

「……中野です」

わたしをちらりと見て、中野はぼそりと言った。でもそれだけで、またすぐパネルに向き直ってしまう。確かに、まるで愛想がない。でも顔は、写真ほどの仏頂面ではない気がした。森本が見せてくれた写真は、とりわけ機嫌の悪い日にでも撮ったものだったのかもしれない。

「おい中野、さっき話した日下さんだ。ちょっとだけでいいから、彼女の話を聞いてくれないか。お前に、どうしても聞きたいことがあるんだ」

こちらに向かって歩いて来る森本は、わたしに気を遣ってくれているのだろう、少し早口で、取り成すような口調になっている。

「展示の準備でお忙しいのに、押しかけてしまってすみません。でも少しだけ、質問をさせてください」

さっきまでの緊張は、わたしの中からほとんど消えていた。

おかしな話だが、中野も「男湯」の扉を使ったに違いないと思った瞬間、肝が据わってしまったのだ。準備作業の邪魔をするのは申し訳ないが、聞きたいことだけ急いで聞いて、すぐに退散すれば、迷惑は最小限で済むだろう。

「……何が聞きたいんだ？」

ボソリと言う中野は、パネルを見たまま、こちらを見ようともしない。

「この緑色の冷蔵庫を撮影した場所です」

佐伯家があった辺りの住所を言うと、中野は少し考えこむような顔をした。

「細かい住所までは知らない。でも、線路沿いに続いている住宅地だ。新興住宅地よりも前から、ずっとあったほうの」

「ひと区画だけ家がなくて、土地だけになっていた場所ですか？　生け垣が伸び放題で、雑草だらけで、何となく荒れた感じの」

「ああ。土地の真ん中に、この冷蔵庫だけが捨てられていた」

やはり、同じ冷蔵庫で間違いないだろう。宅地の真ん中に冷蔵庫だけが捨てられている、そんな場所が何か所もあるとは思えない。

「写真を撮ったとき、そこで女性に会いませんでしたか？　四十代くらいの、小柄な女性です」

「……」

「十年以上前のことで、よく憶えていないかもしれませんが、もしかしたらその女性は、この冷蔵庫の中に入りませんでしたか?」

「えっ?」

中野よりも先に、森本が後ろで驚いた声を出した。

中野らしき人物と会ったとき、佐伯由貴奈は冷蔵庫の中に入ったはずなのだ。でもそこまでは、まだ大山にも森本にも話していない。

「……なんであんた、そんなことまで知ってるんだ?」

パネルを見ていたはずの中野が、いつの間にかわたしを見ていた。顔にはどういうわけか、驚いたような、怯えたような表情が浮かんでいる。

「おい中野、どういうことだよ? お前まさか、人を閉じ込めてその写真を撮ったのか? だから詳しいことを何も……」

「違う違う!」

わたしは慌てて、森本を遮った。由貴奈は自分から冷蔵庫の中に入ったのだ。無理強いされたわけではない。

「あんた、あの女のこと知ってるのか?」

森本の言葉など耳に入らなかったかのように、中野は表情をこわばらせていた。仏頂面ではなくて、何かにひどく驚いているのだ。

いったい何故、中野はここまで驚いているのだろう。

「わたしの、ピアノの先生なんです」

「ピアノ?」

「やっぱりあの日、先生に会ってるんですね?」

「俺は……俺はあのとき……」

「中野さん?」

「あれは……じゃああれは、幽霊じゃなかったのか?」

「は?」

呆然とつぶやく中野の言葉に、わたしと森本は同時に首を傾げた。ボソボソと聞き取りにくい口調だが、中野は今、「幽霊」と口にした気がする。

「俺は、俺はずっと……」

「お前、いったい何言ってんだ?」

森本が、うかがうように中野の顔をのぞき込む。

「ピアノの先生と、冷蔵庫のそばで会ったことは確かなんだな?」

「……」

「なあ中野、あのときお前、まる二週間いなくなったよな?　この写真を撮ったことと、何か関係があるのか?」

「俺は……」

わたしの顔でもなく写真パネルでもない、何もない空間を中野は見つめている。

「あれから何度訊いてもろくに答えなかったけど、学校休んで二週間も、いったいどこに行ってたんだよ?」

「……俺はあのとき、家にいたんだ」

何もない空間を見たまま、中野がボソボソと答える。

「何?」

「だから、実家だ」

「実家? なんで?」

森本が詰め寄る。

誰も住んでいない中野の実家。家族全員が、もう他界してしまったからだ。

それでも、何か用事があったから、学校を休んでまで帰っていたのだろう。別に隠すようなことでもないのに、何故中野はずっと、それを口にしたがらなかったのだろう。

「それならそうと、普通に言えばよかったじゃないか。なのにお前は、あのあと何度訊いてもまともに答えなかった。二週間ずっと、携帯の電源を切りっぱなし。メールに返事もない。ただ実家にいただけなのに、なんでそんなことになるんだよ？」

森本は少し、いら立っているようだった。

中野の希望に出来る限り近づけようと、黙々と照明の調整を続けていた。作り直した巨大なパネルは展示のメインで、中野がそこまでこだわるなら、森本としても全力で向き合いたい。それなのに、写真に関わる何かを中野は隠していると、森本としては感じているのだろう。隠し事をされた状態で、どうやって希望に沿った照明を作れるのかと。

「本当に実家にいたんだ。ただ……あのときのことは俺自身がいまだに、上手く説明出来ない」

呆然とした表情のまま、中野が首を振る。

「どういうことだよ？」

「俺は今の今までずっと、あのとき見たのは幽霊だと思ってたんだ。野ざらしの冷蔵庫の中に女が自分で入った……考えれば考えるほど、現実とは思えない。だから……」

言葉に詰まったように中野は、わたしに目を向けた。

冷蔵庫のそばでたまたま会った由貴奈を、中野はずっと幽霊だと思っていたのだ。いや、そう思い込もうとしていたのかもしれない。それほどに、あの日の由貴奈の行動は現実離れしていた。でも今日わたしが来たことで、幽霊などではなく、現実だったのだとはっきりした。

「でもそれだけで、いきなり幽霊ってのも一足飛び過ぎないか？」

「それは……」

森本に向かって何かを言いかけて、中野がまた戸惑った顔をする。

「由貴奈先生とあの日、何を話したんですか？　先生は中野さんに、何かおかしなことを言ったんですか？」

「屋外に捨てられた冷蔵庫を見ると、妙に気持ちが引かれる……そんな人間が他にもいるなんて、俺だって思ってもなかった。そのうちに、中に入ってみたいが、出られなくなるのが怖いって言い出した。でも外で見張っていてくれなんて、誰にも頼めない……それはそうだろうと思って、見張りを引き受けること自体は、別に何でもなかった。こっちはその間、写真を撮ってればいいわけだしな。見ての通り、東芝のアボカドグリーン、しかも八〇年代製だ。撮れって言われれば、一日中だって撮っていられる。外で見張ってるくらい、本当にお安い御用だと思った」

言いながら中野が、パネルの冷蔵庫を指し示す。不法投棄された冷蔵庫を、中野はそれまでもずっと写真に撮っていたのだ。メーカーや型番にも、ずいぶんと詳しいのだろう。

「それでお前、ずっと見張ってたのか？　先生が出て来るまで」

「……憶えてない」

「憶えてない？」

「いつあの敷地を出たのかわからない。いったんアパートに戻って、一眼を片付けてるはずなのに、それすら憶えていない……気づいたら実家にいたんだ。朝の五時くらいで、薄明るくなってて、茶の間だってことはすぐにわかった。でも、なんで茶の間にいるかなんて、そのときは考えもしなかった。とにかく寒くて、ずっと震えてたんだ。七月なのになんでこんなに寒いのか……もしかしたら熱でもあるのかもしれないと思って、二階の自分の部屋に上がって、布団を引っ張り出してもぐりこんだ。そこからまた記憶がない」

「由貴奈先生が冷蔵庫に入ったことまでは、憶えてるんですよね？」

「ああ。そのあとしばらく写真を撮って、結構暑かったんで、冷蔵庫の中も暑いだろうって気になって……そのとき服の端が、冷蔵室のドアにはさまってることに気づいた。たぶんブラウスか何か、上着のすそだ。下はジーンズだったからな。とにかく、ぴったり閉まったドアの外に、服の端が少しだけ垂れ下がってた。それを見た瞬間、急に体の中がざわざわするような感じになって、冷や汗が出始めて、耳鳴りがして、そこからあとはもう何も憶えてない」

「気づいたときには、実家の茶の間にいた」

「翌朝だったのか、何日か経ってたのか、それすらわからない。とにかく寒くて……布団の中で何度か目を覚ました気がする。そのたびに、前にも見たことがあるって、もうろうとした頭で何回も思っていた」

「前にも見た？」

「服の端だ。冷蔵室のドアから少しだけ垂れ下がってた服のすそを、俺は間違いなく、前にも一度見てるんだ」

中野の話は続いた。

寒さはなかなか治まらず、布団の中でうつらうつらしながら、長い時間を過ごした。一日か二日過ぎた頃、ようやく熱が下がったようで、這うように布団から出て、持っていたペットボトルの水を飲んだ。何も食べていないため、足元はフラフラだ。家の中には当然食料はなく、水道すら止まっている。同じ町内に住む叔父に連絡を取らなければと考えたが、実家の電話は利用停止中で、電気も止めてあって、携帯を充電することすら出来ない。必死の思いで隣家まで歩き、助けを求めた。救急車で病院に運ばれ、そこに叔父が駆け付けてくれた。

このとき中野の中には、ずっと忘れていて、思い出すことすらなかった記憶が一つよみがえっていた。

前にも見たことがある。

冷蔵室のドアにはさまった、服のすその記憶だ。

中野の両親が交通事故で亡くなったのは、中野がまだ小学一年のときだった。すぐに祖父母の家に引き取られ、学校も、そこから通い始めた。自然に囲まれた家で、畑や裏山があって、最初のうちは引きこもっていた中野も、だんだんと外に出て遊ぶようになった。裏山のてっぺんまで、祖母と一緒に登ることが楽しかったのだ。山と言っても丘程度の高さで、散歩がてら、毎日のように出かけていた。

裏山は私有地だったが、勝手にゴミを捨てていく人間があとを絶たなかった。不要になった家具や電化製品が多く、祖父母の悩みの種でもあった。処分するには費用がかかるし、放っておけばゴミがゴミを呼ぶ。いっそのこと林道をふさいでしまおうかと、話し合っていたところだった。

あるときも、大きな冷蔵庫が捨てられていたと言って、祖母が腹を立てていた。裏山に登る途中、道からすぐに見える場所だ。緑色の大きな冷蔵庫で、祖父母の家の台所にあるものと、大きさも形もよく似ていた。

何日か経ったある日、いつものように中野は、学校から帰ると祖母と一緒に裏山に登った。ゆっくり登る祖母よりも、すっかり道に慣れた中野は一足先に、一人でひょいひょいと歩いていた。道端に、捨てられてしばらく経つ冷蔵庫が見えた。何度も見ているので、今さらめずらしいとも思わない。でも近くまで来ると、何かが違っている気がした。

何か。

まっすぐ立つ冷蔵庫のドアに、何かがはさまっている。おとといも見ているが、そのときにはなかったものだ。不思議に思い、中野は冷蔵庫に近づいた。ぴったり閉じた冷蔵室のドアから、布のようなものが垂れ下がっている。花柄に見えた。手を伸ばし、中野は冷蔵室のドアを開けた。

途端に、ゴロリとそれは、中野に向かって倒れかかってきたのだ。

目が合った。髪が長い。

叫び声を上げたのか、上げなかったのか。しばらくその目を見つめて、そして中野は気を失った。

高い熱を出して病院に運び込まれ、気づいたときには一週間が過ぎていた。

「……死体？」

あまりの話に、今度はわたしと森本が、呆然と中野を見つめていた。

「叔父さんに確認した。若い女で、どこか他の場所で殺されて、あの冷蔵庫の中に捨てられていたらしい。でも小学一年だった俺は、熱が下がったときには何も憶えていなかった。じいちゃんもばあちゃんも、俺の心に悪い影響があるかもしれないと、ビクビクしてたんだ。でも何も憶えていないとわかって、胸をなでおろした。そして大急ぎで、本当に何もなかったことにしてしまおうと、二人して走り回った」

業者を呼んで裏山のゴミを全て片付け、林道をふさぎ、もう二度と、誰もゴミを持ち込めないようにした。周囲の人間に固く口止めをし、台所にあった同じ色の冷蔵庫を処分して、新しい、真っ白な冷蔵庫を買った。忌まわしい記憶に少しでもつながりそうなものは、思いつく限り、徹底的に排除した。

「叔父さんや叔母さんも一緒になって、必死で走り回ってくれたらしい」

「全部お前のために」

「ああ。小学一年で両親を一度に亡くして、ただでさえ縮こまっていた俺に、それ以上余計なものを背負わせたくなかった。みんな、ただその一心だった。おかげでずっと、あの日の記憶を思い出すことはなかった」

「それなのに、思いがけず記憶が再現されてしまったってことか。灯台下暗しで見つけた、アボカドグリーンの前で」

パネルの冷蔵庫に目を向けてから、中野が静かに頷く。

「それでも、なんでいきなり幽霊って話になるんだ？　先生が冷蔵庫に入るところを、お前はちゃんと見てたんだろう？」

「だから、服のすそだ」

不機嫌そうなしわが、中野の眉間に寄る。

「うん？」

「あの女が冷蔵庫に入ったあとも、俺は写真を撮り続けていた。それはちゃんと憶えてる。だから、俺が見た服のすそが、写真に写ってなきゃおかしいんだ。でも写ってなかった。ただの一枚もだ」

「え……」

一瞬動きを止めた森本が、ゆっくりと、大きなパネルに目を向ける。

「見てみろよ。これだけ大伸ばしにしても何もない。なあ、俺はあのとき、いったい何を見たんだ？」

写っているはずのものが、どこにも写っていなかった。

何枚も撮った写真をくまなく見たが、一枚もない。だから中野は、幽霊かもしれないと思い始めたのだ。小学生のときに見た若い女性の死体が、すっかり忘れてしまった記憶を思い出させようと、中野の前にまた姿を現した。

「じいちゃんが使ってたフィルムカメラで、中学生のときから写真を撮り始めた。そのときからもう、冷蔵庫を撮ってたんだ。自分でもわからないまま、野ざらしの冷蔵庫に気持ちが引かれた。ばあちゃんにデジタルを買ってもらってからは、わざわざ探し出してまで冷蔵庫を撮った。状態のいいアボカドグリーンが見つかると、それこそ小躍りしたんだ。……息をひそめた記憶が内側からやらせてる、そんなことは、さすがに思いもしなかった」

「それでお前、訊いてもろくに答えなかったのか」

「すっかり忘れていた死体の記憶に踊らされてましたなんて、クソ面白くもない。あげく幽霊を見たらしいなんて、誰が信じる？」

「それでも、話してくれればよかったんだ。本当に幽霊かどうかはともかく、誰かに言うだけで、少しは気が楽になるってこともある」

「ふん」

スマホの写真そのままの仏頂面で、中野が鼻を鳴らす。

「そのクソ面白くもない話を、お前はずっと原点だって言ってる」

「……俺が写真を撮り始めるきっかけだったってことに、違いはないだろう」

「面白くないどころか、ますますゴミの写真に、のめり込んでるように見えるけどな」

言いながら森本が、展示室内をぐるりと見まわす。

壁に並んだパネルは全て、屋外に捨てられた粗大ゴミを写したものだ。冷蔵庫ばかり撮っていた中野はだんだんと、それ以外の物も写すようになった。

「仕事でしょっちゅう、カレンダー用の写真を撮る。誰が見てもきれいな景色とか、誰が見ても心癒される動物とか……仕事だ。ちゃんと割り切ってる。でも、何枚撮っても薄っぺらくて嘘くさい。写真としての出来はいいんだ。少しずつ上達もしてる。それでも、肝心なものが何も見えない」

言いながら中野は冷蔵庫のパネルに近づき、すぐ前に、向き合うようにして立った。

「クソ面白くもないのに、それでもここには、ちゃんと肝心なものが見える。……不法投棄ってのは、自分勝手に物を放り出すってことだ。放り出された物は、それまでの役割からは解放されるが、思いもよらない役割を担うことになるかもしれない。死体を物のように捨てた、それが先じゃない。物を、死体のように捨てたのが先だ。自分の視界から消えてくれればそれでいい。考え方は同じだろう。物を捨てたやつも、死体を捨てたやつも、結局は同じことをしたんだ。自分の視界から追い出しただけじゃなく、新しい空間をあつらえてやった。切り離したつもりかもしれないが、すぐ隣にある空間だ。誰でも、簡単に踏み込める」

「それが、アナザー・ワールドの意味か……」

森本が、ため息まじりにつぶやく。

アナザー・ワールド。

中野の個展タイトルだ。粗大ゴミが作り出す世界という意味かと思っていたが、少し違うのかもしれない。アナザー・ワールドを作り出すのは、ゴミではなく、たぶん人間だ。日常から容赦なく切り離された物たちは、それまでの姿を保ったまま、全く違う場所に置かれる。それをきっかけに、物の周囲には全く違う世界が出来上がる。何の罪もない女性の体が冷蔵庫に押し込められ、無邪気に扉を開けた小学生の心に生涯消えない傷を残す、そんなことが起こり得る世界だ。

中野はその傷を、原点と言っているのだろうか。

強いやつだなあって思ったのを憶えてる。

昨日森本が口にした言葉が、あらためて思い出される。

「忘れていたときは、確かに踊らされていたのかもしれない。でも、思い出したからにはもう違う。俺は自分の意思で、こいつらを撮ってるんだ」

「先生が幽霊じゃなかったってことも、今日ここで、はっきりしたわけだしな」

「……ああ」

中野が、ちらりとわたしを見てから頷く。

「ね、ちょっと待って」

ふと思いついて、わたしは口を開いた。

「てことはこの写真は、由貴奈先生が中に入ったあとに撮ったものなの？」

服のすそがどうなっていたかはともかく、由貴奈はあの日、間違いなく冷蔵庫の中に入ったのだ。由貴奈自身がはっきりそう言っていたし、中野もちゃんと憶えている。

「この冷蔵庫の中に、由貴奈先生がいるってこと?」

二メートル以上もある巨大なパネル。そこに写った野ざらしの、緑色の冷蔵庫。

十年以上前に撮った写真だということはわかっている。でも過去の一瞬が、触れられるほどに生々しく、すぐそこにあるような気がした。

冷蔵庫の扉を開ければ、膝を抱えた由貴奈がそこにいる。

わたしがいる場所と、パネルの中と、時間がバラバラにほぐれて存在しているような、おかしな感覚があった。たぶん中野も森本も、似たような気持ちだったのだろう。パネルに目をやってから、わたしたちは言葉もなく顔を見合わせた。

ちょうどそこで、バタンと大きな音を立てて「男湯」の扉が開いたのだ。

心臓が体ごと、大きく飛び跳ねた気がした。

「おいお前ら、メシ食いに行くぞ。おごってやる。何が食いたい? 焼肉か? 寿司か? イタリアンでもいいぞっ! 俊介の激励会だ!」

今日も裸足の大山が、のしのしと入って来る。

大きな顔に浮かんだ満面の笑みを見た瞬間、わたしはその場にしゃがみ込み、肩で息をついた。中野の眉間にはますますしわが寄り、森本が、ほっとしたように苦笑するのが見えた。

ピアノ教室　別れ

由貴奈に習うようになってから、わたしのピアノは目に見えて上達し始めた。最初のうちは半信半疑だった母も、二か月、三か月と経つうちに、わたしの言葉を信じないわけにはいかなくなっていたのだ。

これまで習ったどの先生よりも、由貴奈はピアノを上手に弾くことが出来る。

母は由貴奈の演奏を聞いたことがなかったが、ピアノばかり弾いている娘が言うなら、本当だろうと思い始めたようだった。そして何より。

「美咲、なんだか楽しそうね」

「うん、とっても楽しい」

ピアノをやめたいと思ったことは一度もなかったが、うきうきするほど楽しいというわけでもなかった。日常の一部として、ずっとそこにあったのだ。ご飯を食べることや学校に通うことと、たいして変わらない。毎日何時間かは必ず弾いていて、なくなってしまったら、他に何をすればいいのかわからない。

でも由貴奈の家に通うようになってからは、ぜんぜん違っていた。

本当は、ピアノを弾くことが大好きだったのかもしれない。

わたしはようやくそのことに気づき始めていた。

弾き方が違うとは、由貴奈は一度も言わなかった。わたしが弾き始めると、途中で止めることもしなかったのだ。必ず最後まで弾かせてから、曲について考えていることを、なんでも構わないからと、わたしに話させた。

由貴奈と話すことが、わたしは楽しくて仕方がなかった。冷蔵庫の話もそうだが、思いもよらない「感情表現」が時折飛び出して、とても新鮮だったのだ。それまで誰も、そんな言葉を使って音楽を説明する人はいなかった。

「だって、わたしはそう感じるんだもの」

わたしが笑うと、由貴奈は苦笑しながら言った。感じ方は、人それぞれで構わないでしょうと。あなたはあなたらしく。由貴奈がよく口にするその言葉が、わたしを少しずつ、狭い場所から解放してくれるようだった。

「よく見て、よく聞いて、その都度言葉にしてみて。音楽だけじゃなくて、何に対してでも」

由貴奈がそう繰り返したので、その気になって、わたしはいろいろなものをよく見るようになった。空の色も、道端の街路樹も、信号機の形も。それまで気にも留めずに通り過ぎてきたものを、立ち止まって、ちょっとだけ見つめるようになったのだ。学校で見慣れた先生たちの顔まで、いくらか違って見えるようだった。

「なんだか、味が出てきたって言うか」

休日のたびにわたしのピアノを聴いていた父は、それまでは、聴いているだけで満足している様子だったのだ。でもある日、ぼそりとそう口にした。ベートーベンとショパンの区別も怪しいはずなのに、それでも言うのだから本物かもしれないと、わたしは気分がよかった。ピアノに、このままどんどんのめり込んでしまいそうだった。

実際、ピアニストとか音大とか、そんなことも少しだけ、頭をよぎり始めていたのだ。

チェルニーの30番を続けながら、ラヴェルの『古風なメヌエット』をずっと練習していた。耳で聴くよりよほど複雑な曲で、片手ずつでも四苦八苦だったが、それでも嫌にはならなかった。むしろ、何が何でも弾いてやると、難しければ難しいほど闘志が湧いたのだ。

リズムの乱れが、この曲にとっては致命的だとわかっていた。だからわたしは、くるくると踊るたくさんの女性たちを頭の中で思い描いていた。同じタイミングで回転するたくさんの美しいドレス。頭の中にあるリズムと指先とがぴったり一致するまで、何度も何度も繰り返し練習した。

「もう少し手が大きくなると、楽になるはずなんだけど」

「まだ大きくなるかな?」

「大丈夫よ。身長、今も伸びてるんでしょ?」

「うん。入学式からもう、五センチは伸びてる」

夏休み中だけ、週に二度通うようになっていた。おかげで『古風なメヌエット』は、かなり進歩していたのだ。CD並みのスピードで弾くことはもちろん出来ないが、両手で練習出来るようになっていた。途中で何度かつかえるのを大目に見てもらえば、夏休みが終わる頃には、最後まで通して弾けるようになっていた。

由貴奈の家に通い始めてから一年近くが過ぎ、中学二年になるとわたしは、チェルニーの40番を弾き始めていた。

「無理に40番に進まなくても、弾いていて、もっと楽しい教本を選んでもいいのよ」

由貴奈は言ったが、わたしはあえて40番を選んだ。小学生のときに、中学のうちに50番まで終わらせるという目標を、密かに立てていたのだ。チェルニーが好きというわけではもちろんなくて、これこそが練習だという、妙なこだわりを持っていた。勉強はすぐ投げ出すくせに、ピアノに関しては意固地で、優等生的だったのかもしれない。

そして、組曲『鏡』の第三曲、洋上の小舟を練習し始めていた。まだ無理だと由貴奈は言ったが、どうしても弾けるようになりたかったのだ。中学二年になってからはずっと、平日も週に二度、レッスンに通っていた。

由貴奈のピアノ教室は、一年が過ぎても繁盛とは程遠い状態だった。大人の生徒は増えたものの、中学生や高校生の生徒は一向に増えなかったのだ。わたしを含めて四人、通っていただけだった。

「のんびりやるから、いいのよ」

由貴奈は苦笑して見せたが、父親のことがあって、生徒の数をあまり増やしたくないと考えてもいるようだった。最初の頃は来るたび庭仕事をしていたが、その頃になると父親は、家の中で一人、ぼんやりしていることが目立つようになっていたのだ。食欲も落ちているようで、このままどんどん弱っていくのではないかと、由貴奈は気にかけていた。

夏休み直前の、ある日のことだった。学校が少し早く終わることを伝え忘れていて、下校直前に慌ててメールをしてから、わたしは由貴奈の家に向かった。梅雨明け直後の暑い日で、自転車をこぎ始めると、途端に汗が噴き出した。

呼び鈴を押しても、由貴奈の家はしんとしていた。いつもならすぐ由貴奈が顔を出すのに、そのときは、物音ひとつ聞こえてこなかったのだ。いつもの時間より、一時間も早く着いてしまっていた。

メールを出すのが遅かったせいで、由貴奈はまだ、わたしがいつも通りの時間に来ると思っているのかもしれない。

少し待ってから、もう一度呼び鈴を押した。でも誰も出てこない。急に父親の具合が悪くなって、病院に行ったのだろうか。そう考えて車庫をのぞいたが、由貴奈の軽自動車は停められたままだった。

カバンから携帯電話を出してみたが、返信は届いていない。

迷ったが、門扉を開けて中に入り、玄関のドアに手をかけた。

カギはかかっていなかった。

「こんにちは、美咲です！」

ドアの隙間からのぞき込んで、大きな声を出した。耳を澄ましたが何も聞こえない。

「由貴奈先生！」

気分転換にひとりで散歩に出かけることはあるが、近所を一回りするだけで、短い時間で戻るようにしている。由貴奈はそう話していた。父親の症状は、日によって様々だった。普通の人とどこも違わないように見えることもあれば、話しかけても、ぼんやりしたまま返事がないこともあった。

父親が一人でいるとしても、家の中のどこかでぼんやりしているのかもしれない。

「おじさん！」

お邪魔しますと声をかけてから、靴を脱いで上がった。父親はもしかしたら、眠っているのかもしれない。昼食のあとでお昼寝をすることがあると、由貴奈が話していた気がする。それなら、静かにして、ピアノの部屋で由貴奈を待っていればいいだろう。近くを散歩しているだけなら、すぐに帰って来るはずだ。

リビングをのぞいて、ドキリとした。

父親が、床に横たわっていたのだ。キッチンカウンターの手前に、手足を投げ出した格好で寝ている。お昼寝なら二階の部屋だと思っていたので、その姿を見つめたまま、すぐには動くことが出来なかった。

いや違う。

見た瞬間にわかっていたのだ。

父親は、もう生きていない。

目を見開いたまま、眠っているはずがない。何より、頭のてっぺんあたりに大きな傷があって、そこから血が、床の上に流れて広がっていた。

広いリビングがすうっと、もっともっと広くなっていくような感覚があった。セミの鳴き声くらいは聞こえていたはずなのに、全部の音が、どこか違う場所に吸い込まれたようだった。

耳の中に、何かわからないものが詰め込まれてしまったのかもしれない。

体がこわばったまま動かず、わたしは父親の姿を見つめたまま立ち尽くしていた。

そのまま、どのくらい時間が経ったのだろう。

五分か十分か、いや、もっとずっと長かったのか。

玄関のドアが開く音がして、由貴奈が帰って来たことがわかった。でもわたしはリビングの入り口に立ったまま、振り向くことすら出来なかったのだ。


〈ピアノ教室は閉めることにしました。突然でごめんなさい。明日から、もう教室は開きません。美咲ちゃんと過ごした一年余り、本当に楽しい時間でした。どうか、これからもピアノを続けてください。いい先生に、出会えますように。〉

由貴奈からメールが届いたのは、倒れている父親を見つけた日から一週間が過ぎた、日曜のことだった。

月曜と金曜がレッスン日だったが、月曜にあんなことがあったため、しばらくお休みにしましょうと、その日のうちに話していたのだ。そしてわたしはその週、ずっと学校を休んでいた。

このまま夏休みに入ってしまっても、構わないと考えていた。自分が見たものを思い出すたびに、体が震え出してしまう。食欲もあまりなくて、眠ってもすぐ目が覚めてしまい、頭が痛かった。

　母が、仕事を休んで家にいてくれた。由貴奈から電話があったようだが、母はわたしに直接、何かを尋ねることはしなかったのだ。わたしも、由貴奈と何を話したのか、訊くことはしなかった。何かを考えようとするとすぐ、父親の、見開かれた目を思い出してしまう。それが怖くて、ただ闇雲に、何もかもから目をそらしていたのかもしれない。

「仕事、行っていいのに」

「そうはいかないわよ」

　母はすぐに首を振ったが、それでも職場から、何度も電話がかかっていたのだ。ずっと仕事を頑張っていた母は、それなりに責任のある立場にいた。急に三日も四日も休むことになって、職場の人たちはみんな、困っていたに違いない。

　気持ちが少し落ち着いたのは、明日は金曜と思ったときだった。いつもなら由貴奈に聴いてもらうため、目いっぱい練習していたはずだ。でも月曜からずっと、ピアノに触ってもいない。もう四日も弾いていないのだと気づき、はっとした。

　あなたにとってそれはどんな出来事なのか、しっかり見て、感じ取って。

　由貴奈がいつも言う言葉を思い出していた。

　あなたの中にどんな感情が生まれるのか、よく気をつけながら。

由貴奈の父親の死は、とても怖くて、体が凍り付くような出来事だった。見開かれたままの目を思い出すと、今もまだ叫び出したくなってしまう。

でも、庭仕事をしていた姿は穏やかで、のんびりしたものだった。「いらっしゃい、どうぞお入りなさい」と、何度となくわたしを迎えてくれた。あんなひどい姿で亡くなっていたけれど、あれは父親が、自分の意思でわたしに見せた姿ではない。本当はあの日もきっと、「いらっしゃい」と、いつも通りに言いたかったはずなのだ。

帰るときもよく、わたしのために門扉を開けてくれた。その父親の顔を、わたしは一番に思い出すべきではないのか。たった一度しか見ていない、亡くなっていたときの顔よりも、何度も何度もわたしに向かって微笑んでくれた、穏やかな父親の顔を。

お土産と言って、きれいに咲いていた花を持たせてくれたこともある。

しょっちゅう名前を間違えられたけれど、「慌てずに、気をつけて帰りなさい」と、自転車のわたしを気遣ってくれていた……。

悲しい。

初めて涙が出た。

悲しい。もう二度と、「またいらっしゃい」と言ってもらえない。

人は必ず死ぬ。そんなことはちゃんと知っている。でも、もう二度と話しが出来ないことや、もう二度と笑えないことを、わたしは本当に理解していたのだろうか。

人が死ぬということは、こんなにも悲しいことだ。

それなのに、怖がってばかりいたわたしはなんて臆病な人間なのだろう。

怖いのは、自分自身のための感情でしかない。でも悲しいのは、死んでしまった人のための感情だ。もう二度と話せない、笑えない、悲しむことさえ出来ない人のために、わたしは怖がらずに、悲しまなければいけない。心から。

ピアノの前に座った。ゆっくりと、最初に思い浮かんだ曲、ショパンのノクターンを弾いた。ラヴェルの「悲しい鳥たち」も、今ならきっとわかる。鳥たちは探していたのだ。鳴き声を上げながら、いなくなってしまった誰かを。

「学校はもう少し休むかもしれないけど、お母さん、仕事、行っていいよ」

「でも……」

「ピアノを弾いてるから大丈夫」

「美咲……」

「由貴奈先生の教室、続けたい」

「それはもう少しあとで、また考えましょう」

母は答えを出さなかったが、わたしの中では決まっていた。由貴奈以外の先生など、絶対にあり得ない。

だから、日曜の朝起きてからずっと、明日の月曜はいつも通り、由貴奈の家に行こうと決めていたのだ。たとえ由貴奈から連絡がなくても、勝手に行こうと決めていた。

でも午後になって、由貴奈からメールが届いた。

〈ピアノ教室は閉めることにしました……〉

驚いて、母の制止も聞かず、自転車で由貴奈の家に向かった。

由貴奈は家にいた。わたしの顔を見て驚いたが、すぐに微笑んでくれた。

外に出て話そうと言う由貴奈に首を振り、わたしは家の中に入れてもらった。いつも通り、ピアノのある部屋で話したかった。

「美咲ちゃん、来てくれてありがとう」

初めて会った日と同じように、由貴奈はアイスティーをわたしの前に置いてくれた。

「教室、やめないでください」

「……ごめんなさい。中途半端で、本当に申し訳ないと思ってる。でも、続けることは出来ないわ」

「どうして？」

「もともと、父の面倒を見るために帰ってきたのよ。その父がいなくなった以上、ここにいる理由はないもの」

「理由？　ピアノ教室は理由にならないの？」

　由貴奈が目をそらした。

「教室、由貴奈先生は続けたくないの？」

「……この一週間で、通っていた生徒さんのほとんどがやめてしまったのよ」

「え……どうして？」

　生徒の数はそれほど増えていなかったが、それでも、大人を中心に十人以上は通っていたはずだ。

「わたしが警察に呼ばれたことが、あっという間に噂になってしまったから」

「警察？」

「わたしが父を殺したんじゃないかって、警察は疑ってるの」

　表情も変えずに、由貴奈の口調は平坦だった。

「あなたが住んでいるあたりは新しいおうちが多いから、そんなことはないかもしれないけど、この辺は古くからの家ばかりだから、近所どうし、一度噂が立つともうあっという間」

「そんなのおかしい。由貴奈先生がお父さんを殺すはずなんかない。だって……」

　言いかけて、でも言葉が見つからなかった。

由貴奈は父親のことを、本当はどう思っていたのだろう。

新聞記者だった父親は、ほとんど家に帰ってこなかった。定年退職直後に母親が亡くなって、それから庭仕事を始めたのだ。最近は年齢のせいで、時間の感覚があいまいで、前にピアノ教室をしていた頃と今現在とが、ごちゃ混ぜになってしまっていた。

家族の団らんのような光景を、目にしたことは一度もない。でもそれは、父親の体調のせいで、仕方のないことだと思っていたのだ。

「父の具合がどんどん悪くなるので、わたしは嫌気がさしていた。また都会に戻りたくて、父の存在が邪魔になった。……理由なら、いくらでも見つけられるでしょう」

「警察の人がそう言ったの？」

「みんなが思ってることよ」

「わたしは思ってない！」

確かに由貴奈は、父親と仲がいいとまでは言えなかったかもしれない。でも体調の悪い父親のことを、苦笑しながらも、いつも気遣っていたのだ。仕方のないことと諦めつつも、ずっと心配していたはずだ。

「そうね、あなたは思っていないわね。ごめんなさい。わたし、どうかしてる。疲れてるのかもしれない。……散歩してただけだって、ちゃんと言ったのよ。でも、体調の悪い父親を一人残して、長い時間散歩かって……確かにその通りだもの。わたしはあの日に限って、長い時間留守にしていた。そのせいで父が亡くなったって言われても、何も言えない」

「いつも通りの散歩じゃなかったの？」

学校を出る直前にメールをしたが、由貴奈からの返事はなかった。倒れている父親をわたしが見つけたあとで、家に帰ってきたのだ。由貴奈が出かけたのは、いつのことだったのだろう。

「いつも通り、短い散歩のつもりだった。あなたが来る日だってわかっていたし、学校の都合で時間が前後しても大丈夫なようにって、一時間前には必ず家にいるようにしていた。でも……」

口にするべきか迷うように、由貴奈が息をついた。

「どこか、違うところに行ってたの？」

近所をぶらぶら歩いているだけだと、由貴奈は話していたのだ。

「いいえ、いつもと同じよ」

「途中、どこかで休憩してたとか？」

「……冷蔵庫を見ていたの」

「え？」

突然持ち出されたその言葉に、わたしは戸惑った。

「少し歩くと家がまばらになって、緑が多くなる道があって、いつもはそこを歩いて戻って来るだけだった。冷蔵庫を見つけたのは少し前のこと。ほとんど手入れがされてない、伸び放題の生け垣に囲まれている家があって、今も変わらず家があると思ってたら、いつの間にかなくなってた。更地になってたの。ずっと昔は確かにあったのよ。住んでる人もいたし、生け垣だって、その頃はちゃんと手入れが行き届いてた。でも今はもう、家の土台すら残ってなくて……代わりに、敷地の真ん中にポツンと、大きな冷蔵庫があった。古い、緑色の2ドア冷蔵庫。どうしてこんなところにって、意外過ぎて夢みたいで、見つけたときはしばらく、呆然と見入ってた。でもそれ以来、散歩って言って、その冷蔵庫を眺めるようになったの。少しの間眺めて、すぐ帰って来てたんだけど」

冷蔵庫のように孤独に。

ピアノ教室を始めたばかりの頃、由貴奈が口にした言葉をすぐに思い出した。悲しい曲や淋しい曲を弾くとき、由貴奈はいつも、子どもの頃に見た冷蔵庫を思い描くと言っていたのだ。屋外に無造作に捨てられた冷蔵庫は、とても淋しくて悲しくて、そして孤独な存在だと。

「あの日も、ちょっとだけ冷蔵庫を眺めて、すぐ戻るつもりだった。でも途中で、もう一人他に、冷蔵庫を見に来た人がいたの。大きなカメラを持ってて、写真を撮り始めた」

「冷蔵庫の写真を？」

「そう。若い男の子で、専門学校で写真の勉強をしてるって言ってた。こんなふうに野ざらしになってる冷蔵庫が見たくて、探し歩いてはずっと写真を撮ってる。特に、これと同じ、緑色の冷蔵庫を探しているんだって……不思議だった。捨てられてる冷蔵庫が気になるなんて、わたしくらいかと思ってたから、わざわざ探し出して、写真まで撮る人がいるなんて思ってもみなかった。でもその男の子は熱心で、わたしがそばで見ていても、気にもしていない様子だった。夢中になって冷蔵庫にカメラを向けて、何枚も何枚も写真を撮って、本当に好きなんだろうなって……だからわたし、この人にならもしかして、頼めるかもしれないって思い始めて」

「何を頼むの？」

「美咲ちゃんは変に思うかもしれないけど、わたしね、ずっと冷蔵庫の中に入りたいって思ってたから」

「……」

わたしは驚いて、由貴奈の顔を見つめた。

冷蔵庫の中に入りたい。

由貴奈は間違いなくそう口にしたが、家にある普通の冷蔵庫しか知らないわたしにとっては、まるで現実味がなかったのだ。何故そんなことを思いつくのかわからなかった。夢の続きでも、耳にしたような気持ちだった。

「ずっと昔、わたしがまだ小学三年か四年か、そのくらいのときのことよ」

家が近い女の子たち三人と、由貴奈はいつも一緒にいた。

小さいときから一緒に遊んでいたし、親どうしも付き合いがあったので、何をするのもたいがい一緒だった。でも小学校に上がってしばらくすると、その関係に由貴奈は時折、居心地の悪さを感じるようになっていた。四人で一緒にいても、自分だけが違う場所にいるような疎外感。仲間外れにされたり、悪口を言われたりするわけではない。でも何故か、自分一人だけが距離を置かれているように感じてしまう。

由貴奈の家があるあたりは当時まだ、今ほど多くの家が建っていなかった。少し離れると空き地ばかりで、雑木林も残っていた。いつの間にかゴミ捨て場になってしまった場所があって、家具や電化製品が積み上がっていて、そこは子どもたちの格好の遊び場になっていたのだ。由貴奈たち四人も、時折入り込んでは遊んでいた。

ある日、捨てられていた大きな冷蔵庫の中に、由貴奈は突然閉じ込められてしまう。冷蔵室を開けて中をのぞき込んでいたとき、後ろから押し込められてしまったのだ。出ようとしても、外で三人が押さえていてドアが開かない。ただの悪ふざけだったが、真っ暗闇の中で由貴奈は、もう二度と元の世界に戻れないかもしれないと体をすくませた。

「でも同時に、怖さとは違う、別の気持ちもあることに気づいた。当時はそれを、言葉で説明することは難しかったんだけど」

たぶん安心感。

あとになって由貴奈は思った。

わたしはずっと、一人になりたかったのかもしれない。

冷蔵庫に入っていたのは、時間にすれば十分もないことだった。でも確かにあのとき、暗闇で身をすくめながら、懐かしいような、ほっとしたような気持ちも感じていた。

「誰かがいるから、疎外感や孤独を感じてしまう。でも一人きりなら、そんなものを感じる理由がそもそも存在しない。言葉ではなく感覚として、わたしはあのとき、そのことに気づいたんだと思う」

最初から一人きりなら。

おそらく由貴奈はもともと、何人かでいるよりも、一人でいるほうが好きな性格だったのだろう。小学生になって感じ始めた居心地の悪さは、距離を置きたい、一人になりたいという、芽生え始めた自我の裏返しでもあった。でもまだ幼かったから、そこまではっきり自分を理解してはいなかった。時間をかけてこれから気づくはずだったことを、冷蔵庫に閉じ込められるという出来事が、ふいに気づかせてしまったのだ。何の前触れもなく、唐突に。

その日以来、由貴奈は学校に通うことが出来なくなってしまう。

閉じ込められたことが直接の原因ではないと、由貴奈自身はわかっていた。自分の中にもともとあったものが、表面に出てきただけだったのだ。大勢の子どもが同じ場所に集まって、何時間も同じことを続ける。学校は由貴奈にとって、あまり居心地のいい場所ではなかった。でも周囲は、敏感な由貴奈がいじめと受け取ってしまったことが原因だと考えた。

由貴奈の気持ちと、周囲の気持ちとがかみ合わないまま、長い時間が流れてしまう。

「女の子の仲良し四人組。でもそれはきっと、長続きしなかったと思う。遠からずわたしは、他の三人から浮いてしまったと思うのよ」

実際に、いじめという形につながっていたかもしれない。でもその前に、一人になることを由貴奈は選んだ。

「この部屋でずっと、ピアノばかり弾いてた。練習すればするほど上達していく、それを、ここにいてもいい理由にすることが出来たから」

由貴奈がそう口にした瞬間、わたしの中で何かが大きく震えた気がした。

ここにいてもいい理由。

それは、わたしの中にずっとあった言葉とそっくり同じだった。

わたしもピアノを、自分自身のためにずっと、「ここにいてもいい理由」にしていた。

わたしの両親は、それぞれ大きな会社に勤めて、仕事の忙しい人たちだった。それでも二人で何とかやりくりして、わたしと一緒にいる時間をなるべく作ろうとしていたのだ。わかっていたから、いつも考えてしまっていた。本当にわたしは、ここにいてもいいのだろうか。わたしのために無理をして仕事を休んだり、会社の人に謝ったり……もっと勉強がよく出来たり、運動が得意だったり、そんな子どもだったら、二人とも胸を張って、子どものためと言えるだろうに。なのにわたしは、特に何が出来るわけでもない。絵が上手なわけでもないし、作文が得意なわけでもない……そんなことばかり考えているうちに、ピアノはわたしの中でだんだんと、大きな存在になっていった。

わたしの中でどうしても必要な、「ここにいてもいい理由」になっていった。

「中学にもほとんど行かなかった。わたしが学校に行かないことを母は気にしていたけど、それでも、無理に何かをしろとは言わなかった。練習して、難しい曲が弾けるようになると必ず褒めてくれた。でも父は、小さいときからいつも、わたしに対してとても厳しかった。一緒に遊んだ記憶なんて一つもない。仕事ばっかりで、家にはほとんどいなくて……そのくせ、父には父の理想があって、わたしはそこから離れる一方だったから、たまに帰って来ると必ず何か一つ小言を言った。もうすぐ中学三年っていうとき、いよいよたまらなくなったんでしょうね、部屋でピアノを弾いてるわたしに向かって、いきなり怒鳴りつけたのよ。そんなところで一人で弾いていても、誰も聞いてくれないぞって。お前が毎日やっていることは全部無駄だって、言わんばかりだった」

「ひどい……」

「そういう人だったのよ。この人とわたしは、根本的なところで全く違っているんだって思い知らされた。でも皮肉なことに、その言葉に対する反発心が、わたしをまた外の世界へと向かわせたの」

この家を出たい、父親から遠く離れてしまいたい。

そう考えた由貴奈は、家から遠く離れたピアノ科のある高校に進学して、寮に入ることにした。ピアノさえ弾ければ、そして、父親から離れてさえいれば、きっと大丈夫。その思いが、ずっと由貴奈を支えた。音大に進学して、さらにピアノを弾き続けた。

卒業が近づいた頃、母親が体調を崩した。幸い大したことはなかったが、心細かったのだろう、帰って来て欲しいと考えているのがわかった。ピアノ教室を開こうと考えたのは、母親のためだ。新聞記者をしている父親は、相変わらずほとんど家には帰っていなかった。由貴奈自身も、中学生だった頃よりはずっと大人になっていた。家に戻っても、今なら何とかやっていけるかもしれない。父親とは、出来る限り顔を合わせないようにすればいい。

「最初のうちは順調だった。わたしはピアノを弾くことも好きだったけれど、子どもに教えることも好きだった。以前のわたしみたいに、学校に行けずにいる子どもたちに、ピアノを通して何か出来ないかってずっと考えていたから」

わたしが弾くピアノに対して、「違う」という言葉を由貴奈は絶対に使わなかった。曲の途中で止めることさえしなかったのだ。その理由が、このときようやくわかった気がした。否定されることがどれほど心を傷つけるか、どれほど回復に時間を必要とするか、由貴奈自身が、身をもってよく知っていたからだ。

「教室は上手くいっていたし、母も、雑用を手伝ってくれながら、とても楽しそうにしていた。きっとこのまま大丈夫。わたしはすっかり、そんな気持ちになっていた。でも……」

三年近く経とうとしていたとき、由貴奈に好きな人が出来てしまう。ピアノのメンテナンスを依頼していた会社から、定期的に派遣されていた調律師。家庭のある人だった。でも悩んだ末に、彼は由貴奈を選んでくれた。

「一度は諦めようとしたのよ。でもだめだった。人と距離を置いてばかりいたのに、こんなにも誰かを好きになるなんて、自分でも信じられなかった。……予想通り父は猛反対で、人として許されないことだとまで言ったわ」

ピアノ教室を終えて帰ろうとするわたしに以前、父親が言った言葉。

人としては許されないことをしたけどね、でも今もピアノだけは、変わらず上手だから。

言われたときは意味がわからず、体調のせいで、混乱しているのだろうと思ったのだ。実際父親は、記憶がしょっちゅう混乱して、わたしの名前すらちゃんと憶えることが出来なかった。それなのに、由貴奈が過去にしたことだけは、忘れていなかったということなのだろうか。

麦わら帽子をかぶった穏やかな父親と、由貴奈に向かって怒鳴りつける父親とが、なかなか重ならなかった。「またいらっしゃい」と見送ってくれた穏やかな顔の裏側に、由貴奈にしか見せない、違う顔があったということなのだろうか。

「父の言うことはいつも正論で、本当に、そのまま新聞紙に載せてもおかしくないくらい。でも、毎日毎日一緒に暮らしていく家族って、正論だけで成り立ってるわけじゃない。むしろ、そうじゃない言葉のほうが、必要なときが多いのかもしれない。むき出しの心はいつだって、正しい正しくないの判断なんて追いつかない、むき出しの言葉を求めてる。でも父には、たぶん理解出来ない。やっぱり無理だと思って、母には申し訳なかったけれど、家を出て、好きな人と一緒に暮らすことにした。父からは、絶対に上手くいくはずがないって、もう明日は家を出るっていうとき、呪いの言葉のように言われたわ。……実際、その言葉通り、上手くいかなかったわけだけれど」

そしてその後、父親の定年退職、母親の急死、しばらくして、父親の体調不良。

迷った末に由貴奈は、再び実家に戻ることを決めた。

「そのあたりの経緯を何となく知ってるから、またピアノ教室を始めても、このあたりの子どもは通ってこなかったのね。今回のことでも、噂が立つのは本当に早かった。翌日には、わたしが警察に呼ばれたこと、近所中の人が知っていたと思うわ」

「でも、ちゃんと説明すればきっと警察は……」

「冷蔵庫の中に入ってましたって？」

すぐに聞き返されて、わたしは言葉に詰まった。

「冷蔵庫に閉じ込められたあの日が全部の始まりで、わたしにとっては特別な場所で……そんなこと誰にも、絶対に理解出来るはずがない。父だってそう。あの人はね、前にピアノ教室をしていた三年間が、わたしが唯一まともに生きていた時間だってずっと思ってたのよ。ピアノ教室を始めることは、あの三年を取り戻すことだって本気で思ってた。あれから長い時間が流れたのに、父の中の時間は歪んでしまってる……何か言われるたびにわたしは、冷蔵庫の中に戻って耳をふさいでいたかった。どんなに反論したって、父にはもう何も通じないんだもの。でも、一人で冷蔵庫に入る勇気なんかない。本当に閉じ込められてしまったらどうしようって、やっぱり怖くて……」

そこにあの日、同じように、冷蔵庫に引き寄せられている人物が現れた。夢中になって写真を撮っている姿を見て、この人になら、頼んでみてもいいのではないかと感じた。

わたしが冷蔵庫に入っている間、外にいてくださいと。

もし出られなくなったら、外から扉を開けてくださいと。

そして実際に、由貴奈はその人物に頼んで、冷蔵庫の中に入った。どのくらい時間が経ったのかはわからない。だんだんと暑くなってきたこともあり、由貴奈は自分で外に出た。つまらないことに付き合わせて申し訳なかったと、外にいるはずの人物に謝るつもりだったのだ。でもそこに、彼の姿はなかった。

「だからあの日、どのくらいの時間留守にしていたのか、自分でもよくわからないのよ。急いで戻ってみると、あなたが家の中に立っていた」

そして父親は、頭から血を流して、リビングの床に倒れていた。

「写真を撮ってた人を探し出して、一緒にいたことを証言してもらえば」

「無理よ。会ったこともない人で、どこの誰かもわからない。それに、彼がどのくらい外にいてくれたのか、それもわからない。……もしかしたら全部、わたしが都合よく見た幻だったのかもしれない」

「そんな……」

由貴奈の顔があまりにも悲しげで、わたしは胸が詰まるようだった。何か出来ることがあるはずだと、必死で考えたのだ。でもわからなかった。

「もういいのよ。もう大丈夫だから」

「由貴奈先生……」

「あなたには本当に、申し訳ないと思ってる。でも、身勝手な言い分だってよくわかっているけど、どうか美咲ちゃん、ピアノはこのまま、ずっと続けて欲しい」

それが、わたしが由貴奈と会った最後だった。

さらに孤独な場所

「どうかしたの？」

クッションを膝にのせた格好で、母がわたしをちらりと見る。

「え？」

「何だか、小難しい顔してるから」

「そう？」

ギャラリー「Anything Goes」で中野から話を聞いたあと、大山の好意に甘えて、みんなで食事をした。個展初日に向けて激励の意味を込めて、中野の食べたいものを食べようという話になったのだ。すぐ近くの定食屋がいいと言ったのは中野自身だ。煮魚から揚げ物まで、ありとあらゆる定食が揃っていて、お気に入りの店らしい。もっと高いものにしろと大山は愚痴っていたが、中野と森本はよほど空腹だったようで、大盛りのご飯をあっという間に平らげていた。

「疲れてる？」

「普通」

「じゃあ、外で食べたご飯がまずかった」

「酢豚定食。ものすごくおいしかった」

森本が薦めるので注文してみたのだが、確かに、これまで食べた中で一、二を争う酢豚だった。中野と森本が唐揚げ定食、大山がアジフライ定食。どちらの揚げ物も、かじりつくたびに小気味いい音が鳴り響いていたのだ。あんな音のする揚げ物が、おいしくないはずはない。

「酢豚？　やだ、うらやましい」

「お母さんは何食べたの？」

「おろしそば」

「ヘルシーだね」

「遅い時間に社食行ったら、それしかなかったのよ」

十時前に帰宅すると、母はもう家にいて、録画してあったドラマに見入っていたのだ。わたしが入浴を済ませてソファに座ると、ニュース番組に替えてから、麦茶をグラスに入れてくれた。わたしも父もほとんどドラマを見ないので、母はいつも録画して、誰もいないときに一人で見ている。

父も母もそれぞれ、ずっと同じ会社で仕事をしている。わたしが中学生だった頃よりももっと責任のある立場になっていて、どういうわけか今は、家にいる時間が逆に増えているのだ。母は深夜まで残業することがほとんどなくなり、九時までにはたいがい家に帰っている。父は相変わらず出張が多いが、それでも帰宅時間はずいぶんと早くなった。

わたしが不規則な勤務なので、家族そろって夕食を食べることはほとんどない。三人とも外食が中心なので、朝はなるべく顔を合わせて、一緒に食事をするようにしている。わたしの顔を見ない日が続くと父が不機嫌になるからと、母がこっそり決めたルールだ。

「酢豚、作ろうかなぁ、日曜にでも」

スポーツニュースを眺めながら、母がつぶやく。

「手伝わないよ」

「当てにしてないわよ。お父さんが帰って来るから、きっと手伝ってくれるわ」

父は昨日から出張中で、今のところ、週末に戻る予定だ。結婚以来ずっと共働きだったこともあって、父も結構料理が上手い。わたしの好きなものばかり作るので、昔からわたしはどちらかと言うと、父が作る料理のほうが好きだった。そして父はいまだに、休日になるとわたしが弾くピアノを聴きたがる。リビングの隣がピアノの部屋で、近所迷惑にならないよう防音壁になっているのだ。そこに父専用の椅子が置いてあって、わたしがピアノを弾くときはいつも座って、目を閉じて静かに聴いている。

美咲が弾きたい曲なら何でもいいよ。

リクエストも特にない。ベートーベンとショパンの区別も相変わらず怪しくて、娘の弾く曲なら何でもいいと本気で思っているのだ。

ピアノの部屋に続くドアが今は開いていていて、暗い部屋の奥にうっすらと、アップライトの黒い表面が光って見えている。

この家に引っ越して来たのは、小学五年生のときだった。それからずっと、弾き続けてきたピアノだ。

「……お母さん、由貴奈先生のこと憶えてる?」

ソファに座ってからずっと、中野の話を思い返していたのだ。

冷蔵庫が写った大きなパネルを見て、どうしても中野から話を聞きたいと思った。由貴奈が幻を見たわけではないと、はっきりすると思ったからだ。予想通り、由貴奈が会った人物は中野で間違いなかった。ようやくそれがわかったのに、わたしの中には何故か、モヤモヤとしたよくわからないものがくすぶっている。「小難しい顔をしている」と母が言ったのは、きっとそのせいなのだろう。

「ピアノの先生のこと?」

「うん」

「もちろん憶えてるわよ。優しくて、とてもいい方だった。……でもどうしたの急に、ずいぶん前のことなのに」

「ちょっと思い出しちゃって」

冷蔵庫のことは、一度も母に話したことはない。父にも話していないので、二人が知っているのは、あの日由貴奈の家で父親が急死して、それをたまたま、わたしが見つけてしまったということだけだ。

「由貴奈先生はあのあと、すぐ引っ越しちゃったんだよね？」

最後に由貴奈と会ったあとも、何度か家の前まで行ってみたのだ。でも雨戸がぴったりと閉じていて、人がいる気配は全くなかった。

「あのときあなたにはそう言ったけど、本当は、すぐってわけじゃなかったのよ」

「そうなの？　でも先生、あの家にはいなかったよね？」

「しばらくは、近くのホテルに泊まってらしたのよ。本当はすぐにでも引っ越したかったんでしょうけど、あのときはまだ警察が……」

「ああ……うん、そうだね」

警察は、由貴奈が父親を殺したのではないかと疑っていたのだ。だから引っ越したくても、町を離れることまでは出来なかったのだろう。

「でもさすがに、あのおうちに居続けるのは辛かったんでしょうね。それに、あのときあなた、一度おうちを訪ねたでしょう？　それで佐伯さん、あなたのことずいぶん心配して、これ以上巻き込みたくないって」

「お母さんは、先生と電話で話したんだよね？」

由貴奈から電話があったらしいことはわかっていた。でも母は、わたしには何も言わなかったのだ。父も一緒になって、あの件にはなるべく触れずにいようとしているのがわかった。

「そう、二、三度話したと思うわ。お父様が亡くなった直後に電話をいただいて、美咲ちゃんを巻き込んでしまって本当に申し訳ないって、電話口で何度も謝ってらして、そのあとも、これ以上美咲ちゃんを巻き込みたくないって、それぱっかり繰り返して……ご自分もずいぶん辛かったでしょうに、あなたのことばっかり心配してた。ホテルに滞在してることも、あなたには内緒にして欲しいって……あのときは、わたしもお父さんもあなたのことが心配で、佐伯さんのことまで気遣ってる余裕がぜんぜんなかった。お父様を亡くされたばかりなのに警察にまで疑われて、心細い思いをされてたはずなのに、どうして一度きちんと会ってお悔やみを言わなかったんだろうって、落ち着いてからずいぶん後悔したわ。一年以上、あなたにピアノを教えていただいたのに」

そのときの気持ちでも思い出したのか、母が短く息をつく。

「それで、そのあと由貴奈先生は？」

「しばらくして、ホテルを出ますってだけ連絡をいただいて、でも、警察の疑いは晴れたのかなんて、立ち入ったことまではさすがに訊けなくて、結局それっきりになってしまった。さほど間を置かずにお引越し、されたんだと思うけど」

「わたしには何か言ってなかった？」

「美咲ちゃんにピアノを教えることが出来て本当に楽しかったって、でも、伝言のようなことは何もなかったわ。あなたには、一日も早く全部忘れて、元通りの日常に戻って欲しいって思ってらしたのよ。わたしもお父さんも同じ気持ちだったから、あなたの前で佐伯さんのことは話さないようにしようって、相談したんだけど」

「そう……」

あの直後は父も母も、ピアノの話すらしなかったのだ。家の中でわたしが一人にならないよう、気を遣っているのがわかった。あまり食欲がなかったわたしのために、父はクッキーまで焼いてくれた。

「あれから何年になるのかしら？」

「中学二年のときだから、十二年近く」

「そんなに経つのね……でもそうよね、あなたはもう大人で、きちんと仕事もしてる」

「……うん」

高校を卒業してから看護学校に通い、看護師になった。ピアノの道に進むことはなかったが、それでもずっと弾き続けていたのだ。本当に、一日も休まずに弾いていた。由貴奈との約束だと思っていたからだ。

どうかピアノはこのまま、ずっと続けて欲しい。

由貴奈のために何かしたかったのに、結局何も出来なかった。でもピアノなら、続けることが出来ると思った。それまでずっとやってきたことだし、ピアノを弾かなくなった自分など、絶対に想像出来なかったからだ。

誰かに習うことはなかった。ずっと一人で弾き続けていた。

よく見て、よく聞いて、その都度言葉にしてみて。

わたしにとっては、由貴奈が繰り返した言葉がいつも道しるべだったのだ。興味がわくとすぐに、自分の目で確かめたいと思う。それは間違いなく由貴奈の影響だ。看護師になっても何も変わらなかった。おかげで森本の仕事に興味を持って、あれこれ話を聞くことが出来た。そして中野の写真へと、たどり着くことが出来たのだ。

実物大の、緑色の冷蔵庫。

思いがけず、あの日の由貴奈を触れられるほど近くに感じた。

「由貴奈先生の弾くピアノ、本当に上手だった」

開いたドアの向こうに見える、アップライトに目を向けた。由貴奈の家にあったピアノは、木目調のアップライトだった。ピアノの前に座る由貴奈の小柄な後ろ姿は、今でもはっきりと憶えている。

「あなた、何度も何度も言ってたものね。由貴奈先生みたいに弾けるようになりたいって」

「うん。でも由貴奈先生は、先生よりも上手くなってやるって思わなきゃダメって」

そう言われて、二人で笑った。あのピアノの部屋で、何度一緒に笑ったかしれない。

「佐伯さんのところに通いたいって、急に言い出したときは驚いたけど、それからあなたはずいぶん変わって、何だか目を見張るようだった」

「そう？」

「そうよ。今だから言うけど、美咲は本当にピアノが好きなのかしらって、わたしはときどき思ってた。わたしやお父さんのために、無理して合わせてくれてるんじゃないかって感じることがあったから。でも、佐伯さんの教室に通い始めてからはぜんぜん違った。あなたは本当に楽しそうで、変な言い方かもしれないけど、こんな子だったんだって、美咲はこんなふうにピアノを弾く子だったんだって、あなたを再発見したような気がしたのよ。佐伯さんご自身がきっと、ピアノが大好きなんだろうなって思った。ピアノが本当に好きな人から習う、それが何より大事なんだって、あのときよくわかった気がした」

由貴奈はピアノが大好きだった。

そう、それは間違いない。そして由貴奈にとってピアノは支えで、なくてはならない存在でもあった。でも由貴奈の父親は、過去を取り戻す道具のようにピアノを見ていた。由貴奈にとってそれは、受け入れがたいことだったのだ。病気のせいだと、割り切ることも難しかったはずだ。ピアノ教室の再開をためらっていたのは、そんな父親に従うことになると感じていたからだろう。父親の目には、由貴奈の葛藤も苦しみも、少しも見えていなかった。思いやりのない言葉に触れるたび、冷蔵庫の中に入って耳をふさいでいたいとまで、あのときの由貴奈は追い詰められていた。

もしかしたら全部、わたしが都合よく見た幻だったのかもしれない。

そう口にした由貴奈は本当に悲しそうで、見ているだけでわたしは胸が苦しくなって、涙が出そうだった。でもどうすればいいのか、何が出来るのか、考えても考えてもわからなかったのだ。

冷蔵庫のそばで会ったという人物を探し出して、幻なんかじゃなかったと証明すれば、由貴奈の悲しみは軽くなるのだろうか。警察の疑いが晴れれば、由貴奈は喜んでくれるのだろうか。

あのときのわたしは、ピアノ教室を続けて欲しいと強く願っていた。そのために、何とかして由貴奈を助けたいと考えていたのだ。警察の疑いさえ晴れれば、由貴奈の悲しみは和らいで、ピアノ教室を続けられるはずだと単純に考えていた。

でも全く違う。

由貴奈の深い悲しみは、父親の死が直接の原因ではない。警察に疑われたことでも、ピアノ教室の生徒が大勢やめてしまったことでもない。もっと違う場所から、あの悲しみは生じていた。

全部、わたしが都合よく見た幻だったのかもしれない。

由貴奈が口にした「全部」という言葉は、中野のことだけを指したわけではない。過ぎてしまった時間。二度と取り戻すことの出来ない時間。もしかしたら存在したかもしれない、家族団らんの優しい時間。手が届いていたかもしれない、愛した人との幸せな時間。

あの深い悲しみは、長い長い時間をかけて由貴奈の中に堆積したものだった。

でもあのときのわたしは、少しもそれを理解していなかった。

それどころか、十四歳のときと同じ気持ちを、今日までずっと持ち続けていたのだ。中野があの場にいた人物だとわかれば、疑いが晴れて、由貴奈が喜んでくれるはずだとまだ単純に考えていた。でも中野が撮った写真を目の当たりにして、冷蔵庫の中に由貴奈がいるのだと気づいて、その瞬間、膝を抱えた姿が見えた気がした。

結局、何一つ手にすることは出来なかった。

あのとき由貴奈の心は、そう悲鳴を上げていた。

冷蔵庫のように孤独に。

ただでさえ孤独だった由貴奈はあのとき、さらに孤独な、誰の助けも届かない場所へと追い込まれていたのだ。鮮やかな花壇だけが残されたあの家でたった一人、いったいどんな気持ちでいたのか。

それなのにわたしは、ピアノ教室がここにいる理由にはならないのかと、由貴奈を問い詰めてしまった。

最後に会ったあの日、わたしがもっとちゃんと由貴奈を理解していたなら、何かが違っていただろうか。

もういいのよ。

そう言って首を振った由貴奈は、全てを諦めてしまったのだろうか。

「美咲？」

母が、わたしの顔を見つめていた。

「大丈夫？」

「うん……由貴奈先生、今どこにいるんだろうって考えてた」

話したいことがたくさんある。

看護師になったこと。でも今も、変わらずピアノを弾き続けていること。子どもたちが、わたしのピアノを聴いて喜んでくれること。

そして、森本や中野に会ったこと。

今この瞬間も、由貴奈はどこかで一人きりなのだろうか。

それでも、どうか今もピアノを弾き続けていますように。ピアノが、由貴奈のそばにありますように。

願わずにはいられなかった。

侵入者

小児科の看護師長がパタパタと慌てた様子でやって来たのは、入院中の子どもたちが描いた絵を、ロビーから続く廊下の壁に貼り付けているときだった。

長く入院している子どもたちは、なかなか学校に通うことが出来ない。そんな子どもたちのために、体調が許す範囲で様々なことを経験してほしいと、小児科にはいくつかの教室がある。図工教室もその一つで、絵や工作が大好きな子どもたちが、自分の病室から楽しそうに通って来ている。もちろん、音楽教室もその一つだ。

「日下さん、日下さん、大変よ」

ロビーを抜けてやって来た看護師長は、小走りになっていた。

「どうしたんですか？」

五十代になったという看護師長は、「冷静に」が普段の口癖だ。急患でもない限り、廊下を走ることなどまずない。

「影絵を作ってくれた、ほらほら、あの……」

名前が出てこないようで、もどかしそうに手を振っている。

「森本さんですか？」

「そうそう、あの優しそうな彼」

「森本さんが、どうかしたんですか？」

「運び込まれたのよ、ここに。頭を打ったとかで、たった今」

「えっ？」

昨夜一緒に食事をしたばかりの、森本の顔がすぐに思い浮かんだ。中野と一緒に、唐揚げ定食をモリモリと食べていたのだ。

「一緒に救急車に乗って来た人が、日下さんに知らせて欲しいって言ってて、あなたを探してたのよ。よかったわ、見つかって。今、救急処置室だそうよ」

「ありがとうございます、行ってみます。……あ、でもこれ」

貼り付けている絵が、まだ途中だ。

「いいわ、わたしがやっておくから。あなたは早く行きなさい」

「すみません、お願いします」

手にしていた絵を看護師長に渡し、救急処置室へと急いだ。

外来診療の時間はとっくに終わっていて、広いロビーに人影はほとんどない。夕方の六時を回っているはずで、帰って行く職員の姿がちらほらと見える。

救急処置室へと続く廊下を急いで抜けると、検査室の前に立っている大山の姿が見えた。一緒に救急車に乗って来たのが大山なら、森本は、ギャラリーから運ばれて来たのかもしれない。

「大山さん！」

検査室の前で行きつ戻りつ、落ち着きなく動いている大山に声をかけた。

「ああ、美咲ちゃん、よかった、いてくれて」

「何があったんですか？」

「何が何やら俺も……明日がいよいよ初日なんで、早めに仕事を切り上げて来た岳が展示室で作業してたんだ。俺は事務室にいた。途中で物音がして、言い争うような声まで聞こえてきたんで、慌てて駆け付けると、岳が誰かともみ合ってるところだった。大急ぎでそいつを岳から引き離したんだが、殴られるか何かで、頭打ったみたいで」

意識はあったものの、森本は立ち上がれない様子だった。こめかみのあたりから出血もあったため、心配した大山は急いで救急車を呼んだ。

「殴られたって、いったい誰にですか？」

頭を打ったと聞いて、ギャラリーで作業中に、高いところからでも落ちたのかと思ったのだ。

まさか、誰かに殴られたとは思いもしなかった。

「わからん。一発ぶちかまして、警察に引き渡してきた」

駆け付けた警察に侵入者を引き渡し、大山は森本に付き添って、一緒に救急車に乗って来たのだ。森本が話せる状態ではなかったため、侵入者が誰だったのかも、目的が何だったのかも、大山には全くわからない。

「頭打ってるんでとにかく検査だって言われて、ちょっと前にここに入ったんだが、こんなときどうすればいいやら……」

不安げな顔で大山が、検査室のドアに目をやる。

使用中を示すランプがついているので、森本は今、レントゲンなりCTなりの検査を受けているのだろう。

わたしがこの病院で働いていることを思い出した大山は、とにかく知らせようと考えてくれたらしい。

「美咲ちゃんがまだいてくれてよかった。本当に看護師さんなんだなぁ……その格好見てほっとした」

二日続けてギャラリーを訪ねているが、もちろん私服だった。ナース姿で大山に会うのは初めてなのだ。

「大山さん、ケガはないんですか?」

右手の甲が、いくらか赤くなっているように見える。侵入者を殴ったと言っているので、大山もどこか、ケガをしていてもおかしくはない。

「俺は大丈夫だ。それより、岳に何かあったら……」

「とにかく座りましょう。検査は少し時間がかかりますから」

廊下の端にある長椅子に、大山を促した。

今日も短パンで、よれよれのシャツをひっかけている。履いているスニーカーも年季の入ったもので、どう見ても、ギャラリーのオーナーには見えない。

「俺がすぐ近くにいて、何でこんなことが起こるんだか……」

どっかりと腰を下ろした大山が、両手で顔をゴシゴシとやりながら息をつく。

「誰なのか、心当たりは全くないんですか?」

「ギャラリーってわかって入って来たんなら美術品狙いかもしれんが、俺んとこに常設の展示物はないし、それに、どう見たって銭湯だ」

「ですよね」

「俊介の写真があるってこと、知ってる人間は知ってるかもしれんが、名の知れた写真家ならともかく、誰が粗大ごみの写真を欲しがるんだ?」

「はあ……」

さすがに頷くわけにもいかず、あいまいに相槌を打つ。

「いったい何がしたかったんだか……」

「森本さんの知り合いってことでしょうか」

「わからんなぁ……岳があそこにいるってこと、知ってた人間はかなり少ないと思うし……」

中野の個展の照明を森本がやる、それ自体、本当に身内の話なのだ。勤め先の手前もあるだろうし、森本がそっちこっちで吹聴したとは思えない。

「言い合ってるような声が聞こえたし、岳が何か聞いてるとは思うんだが……」

頭を打って立ち上がれない様子でいたということは、森本はおそらく脳震盪を起こしていたのだろう。強く打っていたとなると、頭の中での出血ということも、もちろん考えられる。

大山がまた大きく息をついたところで、検査室のランプが消えた。ドアが開いて、医師が姿を見せる。

「先生、どうですか？」

ガタンと大きな音を立てて、大山が立ち上がった。

「検査結果に異状はありませんでしたので、特に心配はいりません。立ち上がれずにいたのは、脳震盪を起こしていたせいでしょう。でも念のため、今日は入院してください。明日の朝まで様子を見て、最終的な判断をします」

「ああ……それはよかった、どうもありがとうございます」

大山が大きな体を折り曲げて、医師に向かって頭を下げる。

ドアの奥に、横になったままの森本の姿が見えた。意識はあるようで、こちらに顔を向けて、気まずげな表情をしている。

「君は？」

「小児科の日下です。患者さんの知り合いで……」

「じゃあ悪いけど、患者さんの移動を手伝ってもらえるかな。またすぐ急患が来るんで、ちょっと手が足りなくなりそうなんだ」

「もちろんです」

医師に向かって頷いてから、検査室に入った。

「……ごめん、忙しいのに騒がせてしまって」

額に包帯を巻いた森本が、横になったまま口を開く。

「何言ってるの、こんなときに」

救急の看護師と二人で、森本を病室まで移動させた。森本がベッドに落ち着き、救急の看護師が出て行くと、必要な書類の記入を済ませた大山が入れ替わりで入って来る。

四人部屋だったが、今いるのは森本だけだった。明日には全部埋まるということなので、今日一晩だけは、森本一人ということになる。

「すみません大山さん、すっかりご迷惑をおかけして」

「馬鹿言うな。謝るのはこっちだ。もっと早く気づいてやればよかったんだが、ケガさせちまって、すまなかったな」

「いいえ、大山さんが来てくれなかったら、もっと大ケガしてたかもしれません」

言いながら、上半身をいくらか起こした格好で横になっている森本が、額の包帯に手をやる。

「痛むか？」

「いえ、大丈夫です」

「でも、縫ったのよね？」

「二針だけ。そのほうが治りが早いからって」

「あとからもう少し痛くなるかも」

「でも、我慢出来ないほどじゃないと思うし……日下さん、仕事はいいの？」

「平気。もう終わりかけで、あとは帰るだけだから」

子どもの絵を貼り終えたら帰るつもりでいたのだ。そこに看護師長がやって来た。

「それより、殴られたって、誰か知ってる人だったの？」

森本よりは年上に見えたが、それでも若い男だったと大山はさっき話していた。もみ合ううちにぶつかったのか、展示中の写真パネルが一枚、落ちかかっていたらしい。

「いや、ぜんぜん知らないやつだった。作業に夢中になってて、気づくと後ろに立ってたんだ」

「勝手に入り込んでたってことか」

「ドアが開いたことにも気づきませんでした」

「それで、何か言われたのか？」

「そのパネルをよこせって、いきなり言われて」

「落ちかけてたやつか？　ピンクの冷蔵庫の」

「そうです。あの照明だけどうしても気に入らなくて、中野とも相談しながら、もう一回やり直そうって思ってて……でもいきなりやって来てあいつ、そのパネルをよこせって」

「何でだ？」

「さっぱりわかりません。あれ以外のパネルには、興味もないみたいで」

ピンクの冷蔵庫。

大山の言葉に、展示室に掛けられた写真パネルを思い浮かべた。以前は冷蔵庫ばかり撮っていたというだけあって、展示写真の半分近くが冷蔵庫だ。その中に確かに、他の冷蔵庫とは少し雰囲気の違う、小さな冷蔵庫があった気がする。ピンクだったかどうかはわからないが、単身者が使うような、小型の2ドア冷蔵庫だ。ゴミだとわかるのは、野ざらしだということに加えて、冷蔵室のドアに大きなへこみがあったからだ。

「それでお前、断ったのか？」

「もちろんです。明日が初日なのに、ここまで来て一枚欠けるなんてあり得ない」

「お前なぁ……」

額を押さえながら大山が、ベッドわきの小さな丸椅子に座り込む。

「素直に渡せば、ケガしなくて済んだかもしれないのに」

もう一つ丸椅子を引き出して、わたしも大山の脇に腰かけた。

「でもあれは全部中野の写真で、十年以上ずっとやって来たことの集大成で……」

言いながらだんだんと、森本の声が小さくなる。

この程度のケガで済んだからよかったものの、もっと大ケガか、あるいはもっと悪いことが起こっていたら、個展どころではなかったのだ。森本もようやく、そのことに思い当たったのかもしれない。

「こんなことがそうそうあるとは思わんが、次にまた似たようなことが起こったら、迷わず写真を渡せ。な、絵や彫刻じゃないんだ。元データがちゃんとある。つまり、パネルを作り直せるってことだ。わかるか？」

「わかりますけど……」

大山の言葉に、森本が気まずげに顔を伏せる。

「展示作品の照明をやってみたいって、学生の頃からずっと思ってたんです。写真だけじゃなくて、アート作品全般で。だから……」

写真家を目指す中野にとって、今回の個展は最初の一歩になる。同時に森本にとっても、目標へと近づく第一歩ということなのだろう。あの場にあったパネルを渡すことは、苦労して少しずつ調整してきた、照明ごと渡すことでもあった。

大山と顔を見合わせたところで、大きな音を立てて病室のドアが開いた。

中にいるのが森本だけだからよかったものの、他の入院患者がいたら、間違いなく苦情が出る勢いだ。

「中野……」

入り口に立っていたのは中野だった。走ってきたのか、肩で息をしている。

「な、何が起こったんだ？」

印刷会社での仕事を終えてギャラリーに行ってみると、大山も森本もおらず、代わりに警察が「現場検証」をしていた。驚いた中野は、大急ぎで病院にやって来たのだ。

大山が、森本が今話したことを簡単に説明する。

「ピンクの冷蔵庫?」

中野の眉間に、見るからに不機嫌なしわが寄る。

「馬鹿か、お前は! 写真なんかくれてやれ! 代わりならいくらでも撮ってやる! 俺に出来ないとでも思ってんのか? 馬鹿にすんな! 何千枚でも、何万枚でも撮ってやる、ふざけんな!」

口数の少ない中野とは思えないほどの勢いでまくし立てると、入って来たときよりももっと大きな音を立てて、ドアを閉めて出て行ってしまう。

あっけにとられた顔で、森本は閉まったドアを見つめている。

「通訳が必要か?」

少し間を置いてから、笑い出すのをこらえるように大山が言った。

「……いいえ」

困ったような照れたような表情で、森本が首を振る。

たまらず、わたしは吹き出していた。

お前の代わりはいない。

中野は間違いなく、そう言いたかったのだ。

悪いヤツじゃないんだ。ただ、人と話すのが下手くそなだけで。

そんな中野を誰よりも理解しているのが、森本ということなのだろう。

明日の朝退院したら一番で森本は、「ピンクの冷蔵庫」の照明に取り掛かるはずだ。ギャラリーが開くのは午前十時だから、それまでには絶対間に合わせるに違いない。中野は今晩、ギャラリーに泊まり込みか。

「楽しみですね、明日からの展覧会」

「ああ、これだからやめられないんだ」

大山が、大きくて丸い顔にまた、満面の笑みを浮かべている。

個展の会期は二週間の予定だと聞いている。出来るだけ多くの人が、ギャラリー「Anything Goes」に足を運んでくれればいいと思う。

「ああ、それと岳、さっき警察から連絡があって、明日にでも事情を訊きたいって言ってるんだが大丈夫か？」

「準備作業さえ終われば大丈夫です。明日はもともと一日休みを取ってるんで……あの、今晩どうしても、ここに一泊しないとだめですか？」

「言われた通り、おとなしくしてろ。向こうも気になるだろうが、今日は俊介が張り付く気だろうし、無理に行ってもあの剣幕じゃ、叩き出されるのがおちだ」

「頭打ったあとは、しばらく安静にしてないと絶対にダメ。大丈夫と思っても、何があるかわからないんだから」

「うん……」

「家にも連絡したほうがいいな、母さんが心配するだろう。電話してくるから、番号教えてくれ」

大山の言葉に、森本も自宅で、両親と暮らしていることを思い出した。中野だけが、一人アパート暮らしなのだ。

「いいえ、今日はギャラリーに泊まるって言ってあるんで、このまま何も言わないでおいてください。言うとかえって心配かけそうなんで」

「それはそうかもしれんが……」

「あとでちゃんと説明します。それより、二人とももう戻ってください。僕は一人でも大丈夫ですから」

「でも……」

相部屋なら少なからず誰かの目があるが、幸か不幸か、四人部屋には森本たった一人だ。

「子どもじゃないんだから、一人でいられるよ。ちゃんと、おとなしく寝てるから」

もう大丈夫だと森本が繰り返すので、痛みや吐き気があったらすぐ誰かを呼ぶようにと念を押して、大山と一緒に病室をあとにした。

すっかり日が落ちていて、人気のないロビーは一部分だけしか照明がついていない。そこを抜けて通路にさしかかったとき、何かに気づいたように大山が足を止めた。

「これは？」

「ああ、入院中の子どもたちが描いたんです。図工教室があって、そこでの作品を、ときどきここに展示させてもらってて」

さっきまで、わたしが貼り付けていたものだ。残りは看護師長が終わらせてくれたのだろう。壁には十枚近くの絵が貼ってあり、すぐ手前の小さな台の上には、空き缶やプリン容器などの廃材で作った、思い思いの工作が並べてある。

「子どもの絵か」

「はい」

小児科へと続く通路にもなっていて、すぐそばにエレベーターもあるので人目につきやすい。子どもたちも、自分の作品が展示されるのを楽しみにしている。

「いいなぁ、どれも勢いがあって」

「学校に通えない子どもたちは、院内での教室を楽しみにしてるんです」

病院自体が新しいこともあって、院内学級と言えるほどきちんとした形にはまだなっていない。音楽教室や図工教室、読書教室といったものがあって、その都度、外から先生に来てもらったり、職員の誰かが付き添ったりしながら開かれている。子どもたちは体調と相談しながら、好きな楽器を弾いたり、好きな絵を描いたり、好きな本を読んだりする。

「……うん？」

一枚の絵の前で、大山が首を傾げる。

八つ切りの画用紙全体が、ほぼ真っ黒に塗られた絵だ。それ以外何も描かれていない。他の子どもが描いた絵とは明らかに違っているが、だからと言って、貼り出さないわけにはいかない。

「ちょっと前から入院してる六歳の男の子なんですけど、教室に来てくれるようになってからずっとこんな感じなんです。黒とか紺とか、とにかく濃い色で画面を全部塗ってしまう……少し自閉症の症状があることに加えて、難しい病気を発症してしまって、長い入院になりそうなんです。子どもなりに感づいてるのかもしれないって、お母さんはおっしゃってますけど……」

それでも、教室に足を運んでくれるのは嬉しいことだ。ベッドから動こうとせず、家族以外誰とも口をきかない、そんな子どもも中にはいる。

「上手いこと、均一に塗ってあるなぁ」

「はい。こんなふうに全体を塗るのって、割と時間のかかる作業なんです。子どもの小さな手だし、体力のこともあるので、結構疲れると思います。でもこの子、いつも一生懸命で、黙々と塗ってて……彼が描きたいなら、どんな絵でも構わないと思っています。真っ暗でも、真夜中でも」

何故全体を塗りつぶすのか。

それを尋ねたことはない。図工教室は学校と違い、課題があるわけではない。一人一人が自由に、好きなものを描き、好きなものを作っている。

「なぁ美咲ちゃん」

少しの間絵を見つめてから、大山が口を開く。

「黒いから暗闇って思うかもしれんが、たぶん違うぞ」

「え？」

「これはたぶん、光を描いた絵だ。ここ、気づいてたか？」

大山が、黒く塗られた画用紙の隅を指さす。

「塗り残しじゃないんですか？」

真っ黒く塗られた中にほんの数ミリだけ、小さくて丸い、白いままの部分が残っているのだ。

何かの加減で塗り残しが出来てしまったのだろうと、あまり気に留めていなかった。

「もしかしたら、これまで描いた他の絵にもあったんじゃないのか？」

「そう言われると……あったかもしれません」

白い小さな丸が、一か所だけではないこともあった気がする。だから単純に、塗り残しだろうとしか思わなかった。

「真っ白い画用紙に光は描けない。だから、まず黒く塗る。そして光を残す。この子なりの手法だな」

「あ……」

ドキリとして、急いで黒い絵に顔を近づけた。大山の言う通り、白くて小さな丸い点は、きちんと丸い形をしている。つまり、意識して作られた形なのだ。

「あるいは、星かもしれんなぁ」

「わたしったら、何も気づいてなかった」

光を描くために、黒く塗りつぶしていた。

大山の指摘に、息が詰まるような感覚がある。

「教室に、白い画用紙しか置いてなかったから……」

「いろんな色のも、置いてみるといいかもしれんな。黒でも赤でも緑でも」

「……はい」

気持ちを言葉にすることは難しい。

大人でもそうなのだから、小さな子どもたちはなおさらだ。見逃さないように、注意深く、慎重に。病院にいるときはいつも自分に言い聞かせているのに、それでもこの黒い絵のように、見落としは起こってしまう。まだまだだと落ち込んで、反省して、また向き合い直して。ずっとそんな繰り返しだ。

森本が設置してくれた影絵は今、待合室の壁で生き生きと動き、診察に来た子どもたちの目を引いている。光を使って影を作り出した森本もまた、大山のように、光を描いた絵だとすぐに気づくのだろうか。真っ黒い画面の片隅に、ほんの数ミリしかない光だとしても。

わたしはどうやったら、その光に気づけるのだろう。

「アート作品ってのは、どれだけ多くの人間の目に触れるかで全く違ってくると思ってる。百人見て誰も気づかなくても、たった一人が、その作品の隠れた魅力に気づくかもしれん。その瞬間、俺のぼやけた目も覚めるかもしれん」

「だからキャラリーを?」

「俺の使命だと思って始めたら、俊介や岳みたいなやつらに、目を覚まされっぱなしだ。どんどん面白くなる。一生やめられんな」

大きな顔に、いくらか照れたような表情が浮かぶ。

「何だか、ちょっとうらやましいような」

「うん？」

「中野さんは写真。森本さんは照明。大山さんはアート」

「美咲ちゃんは、ピアノだろ？」

「……」

「俊介から話が聞けてよかったな。あいつのことだから、何も話したくないって突っぱねるかと思ってた」

「はい……」

「空白の二週間……原点っちゃ原点だろうけど、やるせないなぁ。冷蔵庫に押し込められてたって彼女にしても、それを見つけた俊介にしても、全部なかったことにしようとした、じいちゃんばあちゃんにしても……何の因果かねぇ」

昨日ギャラリーで中野から話を聞いたとき、大山はわざと席を外していたらしい。ギャラリーのオーナーという立場でそこにいれば、中野に要らぬプレッシャーをかけかねない。何か事情があるなら、無理強いはしたくない。話したくないなら話したくないと、森本とわたし相手なら、中野ははっきり言えるはずだ。そこまで考えて、事務所にずっと引っ込んでいた。中野が断ったら場が気まずくなっているだろうと、しばらく時間を置いて、顔を見せてくれたのだ。

それが、あの登場の仕方だった。

中野が構わないと言うので、一緒に食事をしながら大山にも、中野が取り戻した記憶について説明した。

「不思議なもんだよなぁ。緑色の冷蔵庫の前で、俊介とピアノの先生は確かに顔を合わせていた。十年以上経って、俊介や岳と、美咲ちゃんがこんなふうにして出会う。世界は狭いって考えるべきなのか、それが世界の仕組みだって考えるべきなのか……まあとにかく、長年の懸念がようやく解消されたってことだ。よかったな、本当に」

「……はい」

大山の言葉に頷いたものの、昨日からずっとあるモヤモヤとした思いが、まだ消えていないことがわかる。

「どうしたどうした、ずっと知りたかったことがようやくはっきりしたってのに、そんな浮かない顔して。ああ、岳のこと、やっぱり心配か？」

「それもありますけど……何だかすっきりしないっていうか、昨日からずっと、心の中がモヤモヤするんです」

「モヤモヤ？」

「森本さんと出会って、中野さんにも会えたこと、本当にすごい偶然だと思います。やっと先生のために何か出来るって思った。……でも考えてみればわたし、もう十年以上先生に会ってない。今どこにいるのかもわからない。せっかく中野さんから話を聞けたのに、それを伝えることも出来ない。結局、わたしに出来ることはもう何もないって、あらためて気づいただけなんです。最初からわかってたはずなのに、一人で騒いで、展示作業の邪魔までして、いったい何がしたかったんだか……」

「何も出来ないから、モヤモヤするってことか？」

大山が、大きな顔を傾けるようにしてこちらを見ている。

「わたしはずっと、先生の気持ちを少しも理解してませんでした。それなのに、先生のために何かしようなんて、そもそもひどい思い上がりで……」

「本当にそうなのか？　そんなことに気づくのに、十年以上もかかったってことか？」

「え……」

「自分の中に沈んだ記憶に操られていたのかもしれない。俊介がずっとそれを口に出来なかったのは、納得がいかなかったからだろう。写真はあいつにとって何より大切なものなのに、それすら揺らぎかねなかった。だから思い出したあとも、黙々と冷蔵庫を撮り続けた。好きでやってきたことだったと、どこかで納得出来るはずだと信じたからだ。美咲ちゃんが来てくれたことで、先生が幽霊なんかじゃなく、実在した人間だったってことがはっきりした。人間どうしの出会いなら、お互いに、何かが必要だったから起こったはずなんだ。操られたんじゃなく、俊介自身が、思い出すために手繰り寄せたことだった。そう考えれば、この十年こだわってきたことも、決して的外れじゃなかったって思えるだろう。だから、美咲ちゃんと会えたことは、俊介から見れば必要なことだった。もちろん、岳にとっても意味があるはずだ。なのに美咲ちゃんは、何も出来ないことに気づいただけだって言ってる。最初からわかってた……それはつまり、岳にも俊介にも、会っても会わなくても同じだったってことか？」

「……」

「前からわかってて、とっくに諦めてたんなら、なんで今さらモヤモヤする？　俺に言わせりゃそんなの、さっぱり筋が通らん。俊介は、自分の中にあったものが何だったのか、これからも、とことん見極めていく気だろう。殴られてもパネルを渡さなかった岳は、自分が何と本気で向き合っていきたいのか、あらためて気づいたんだ。母ちゃんに連絡しなくていいって言ったのは、一人になって、考えたいことがあるからだろう。で、美咲ちゃんはどうしたいんだ？」

「わたし……」

「ここで回れ右か？　岳や俊介と会う前の場所に、戻っちまうってことか？　ならなんで十年以上もこだわってきた？　美咲ちゃんにとって大事なものが、そこにあったからじゃないのか？　このまま、わたしは何も出来ませんって終わらせて、本当にいいのか？　それでモヤモヤはきれいに消えてくれるのか？　たった今、うらやましいって言ったよな？　俊介のことも、岳のことも」

　わたしにとって大事なもの。

　十年以上ずっと、手放さなかったもの。

　それは……。

「ハハ、なぁんて、うんざりするくらい偉そうだな、俺は」

　太い腕をぶらぶらと、意味もなく振って見せている。

「まぁともかくさ、何も出来ないなんて、明日死ぬようなことは言わんでくれよ、な」

「……はい」

「それと、余計な口出しついでにもう一つ。岳は、俊介とは違う意味で少々フランクさに欠けるが、とにかくいいヤツだ。何より、俊介ほど変わり者じゃない。心配なら、今から病室に戻ってもいいんだぞ。口裏合わせならいくらでもしてやる。ナース姿で一晩看病なんて、俺だってお願いしたいくらいだ」

「もう、大山さん！」

　吹き出しながら、額に包帯を巻いた森本の顔を思い出していた。

大山に言われるまでもなく、中野の写真をどうしても渡せなかったと話した森本の表情が、わたしの頭から離れなくなっていたのだ。

写真展

翌日から予定通り、二週間の会期で中野の個展は始まった。

アナザー・ワールド。

アスファルトの上に、無造作に置かれたオフィスチェア。サドルやハンドルがないまま、整然と並べられた自転車。屋内にあったときと同じように、道端にまっすぐ立つ冷蔵庫。

見ているうちに、中野が粗大ゴミを通して何を撮ろうとしているのか、少しずつわかってくる気がしたのだ。オフィスチェアが路上にあるはずはないし、サドルもハンドルもない自転車に乗ることは出来ない。すぐわかるはずの違和感を、ゴミと判断する感覚が、一瞬で覆い隠してしまう。間違いなく感じ取っているはずの「異質さ」は、わたしたちの内側で、いったいどこに行ってしまうのだろう。

本当は、もっとずっと怖いものを見ているはずなのに。

「それまでの役割からは解放されるが、思いもよらない役割を担うことになるかもしれない」

中野の言葉通り、あのとき住宅地に捨てられていた冷蔵庫は、捨てた誰かが想像すらしなかったはずの役割を、思いがけず担うことになった。

由貴奈の時間と、中野の時間とを交差させたのだ。

捨てた人間にしてみれば、要らなくなった冷蔵庫でしかない。

でも捨てられた途端に冷蔵庫は、単なる更地でしかなかったあの場所に、冷蔵庫の内側という、それまでなかった空間を生じさせた。

冷蔵庫などなければ、あの場に由貴奈が何度も足を運ぶことはなかっただろう。父親に同じことは起こっていたかもしれないが、警察の疑いが、由貴奈にかかることはなかったかもしれない。

中野はどうだろうか。

記憶を取り戻したこと自体は、決して後悔などしていないはずだ。そうでなければあの冷蔵庫を、「原点」とは言わないだろう。でも由貴奈と会ったことは、説明のつかない、近寄りがたい記憶として、中野の中に残り続けていた。わたしが訪ねたことで由貴奈の正体は判明し、幽霊ではなかったとはっきりしたが、それでもまだ釈然としないものは残っている。

中野が確かに見たという、服のすそは何だったのか。

単純に、由貴奈が中で動いたことで、冷蔵庫の内側に服が全て引き込まれてしまった。あるいは、服のすそを見る前から中野の記憶は戻りかけていて、確かに見たと思っているものは、中野自身の記憶が投影されたものだった。

たぶん、そのどちらかなのだろう。でも確かに見たからこそ、その後もずっと、「アナザー・ワールド」と題される一連の写真は撮られ続けたのだ。取り戻した記憶を踏み台にするようにして、そこにあるはずの「肝心なもの」を写し取るために。

実物大まで引き伸ばされた冷蔵庫のパネルは、会場に入ってすぐの位置に展示されている。森本と中野で存分に意見を戦わせ、照明は結局、他の小さなパネルよりも明るい、自然光に近いものになった。入場者は入ってすぐこの冷蔵庫に目を見張り、そして、順に並ぶ様々な粗大ゴミを、暗闇に浮き上がるような照明で見ることになる。

森本が、「演色性」という言葉について説明してくれた。

自然光で見る本来の色を、展示会場などの照明でどれだけ再現するかということで、数値で表すことが出来る。ただ、アート作品の場合、工芸品などの展示と違って、必ずしも正確な再現を目指すわけではない。演色性を高くすることが、アーティストの意図に沿うとは限らないからだ。あえて演色性の低い照明にすることも、表現としては十分に有効だ。もちろん、照明を使って作品に手を加えるという意味ではない。照明が作り出すのはあくまでも「場」であって、どんな場所にその作品が置かれているのか、どんな場所で人はその作品を見ているのか、その再現になる。例えば写真の場合、明るい室内で見ている状態を基準とするなら、さらに明るい屋外に持ち出すのか、室内のもっと暗い場所に移動するのか、周囲の環境を、照明によって再現する。それによって写真の見え方は、ずいぶん違ってくるだろう。中野と森本が戦わせていたのは、まさにそのあたりの感覚だ。実物大の冷蔵庫は、日中に住宅地で見たそのままを再現したい。でもそれ以外の作品は、記憶の中にあるものを見るように、暗闇の中にぼんやりと浮き上がらせたい。その調整の過程で、「ピンクの冷蔵庫」に森本は引っかかっていたのだ。

パウダーピンクと呼ばれるような、淡いピンク色だ。

でも照度を落とすとどうしても、白に近い色になってしまう。

淡いピンク色こそが、あの写真の一番の特徴だと森本は考えていた。可愛らしい色が逆に、道端にある不自然さや、普通の使い方では出来ないようなへこみの異質さを、際立たせると考えたからだ。でもそのこだわりが、突然の侵入者を引き寄せてしまう。

あの前日に大山は、今回の展示について、地元テレビ局の取材を受けていた。森本が調整を続けていた「ピンクの冷蔵庫」の前に立って、記者から取材を受けたのだ。まだ完成ではなかったと森本は話しているが、それでも淡いピンク色がよく見える状態で、写真はニュース番組の中で取り上げられた。中野のためにもいい宣伝になると、大山は考えていたのだ。まさかそのニュース映像が、突然の侵入者を引き寄せるとは夢にも思っていなかった。

大山に殴り飛ばされ、警察へと引き渡された侵入者は、「ピンクの冷蔵庫」を捨てた張本人だった。誰にも気づかれず、上手く処分したと考えていたのだ。でも三年も経った今、捨てたはずの冷蔵庫が突然テレビ画面の中に現れた。

中野が写真を撮ったのは、まさに三年前のことだった。パウダーピンクの小さな2ドア冷蔵庫は、冬が来れば雪に埋もれるような淋しい林道わきに、他のゴミに紛れて捨てられていた。バイクで行ける距離と言うから、さほど遠い場所ではない。捨てた当人も、冷蔵庫を持ったまま長距離移動したわけではないだろう。捨てられて間もないときだったのか、その場にそぐわない新しさが中野の目を引いた。なんでここまでのへこみが出来るのか、不思議に思いながら、他のゴミも合わせて何枚も写真を撮った。そのうちの一枚が、会場に展示されていたパネルだ。

冷蔵室のドアにあったへこみは、持ち主だった女性の頭が打ち付けられて出来たものだった。女性の部屋を訪れた際に口論となり、男は執拗に暴力をふるった。冷蔵庫がへこむほどだったのだから、女性が無事であったはずはない。女性の遺体は、男の供述によって全く違う場所から見つかった。つまり、男がギャラリー「Anything Goes」に侵入したりしなければ、女性は今も、行方不明のままだったかもしれないということだ。

「よっぽど慌てたんだろうなぁ」

警察からその話を聞かされたとき、呆れたように大山はつぶやいた。

「写真だけ見たところで、誰もそこまで深読みしないだろうによ」

でも侵入者である男の目にはまさに、自分が捨てたはずの冷蔵庫であり、女性の頭を打ち付けて作ったへこみだったのだろう。

冷蔵庫を捨てることでアナザー・ワールドを作り出した男は、全く同じものを、自分の内側にも沈ませていたということなのかもしれない。

「俊介の写真も岳の照明も、あの冷蔵庫の真に迫ってた。そう考えりゃ、少しは気も晴れるわなぁ」

侵入事件がニュースになったことも手伝ったのか、全く無名の写真家にしては、個展はまずまずの盛況だった。「いかにも銭湯なギャラリー」があらためて話題になったこともあり、週末には、結構な数の入場者があったらしい。

「いろいろどうも」

会期の最終日に立ち寄ると、会場にいた中野がぼそりと口にした。「いろいろ」の中に何が含まれているのかはよくわからないが、わたしは持って来たカスミソウの大きな花束を、成功おめでとうございますと中野に手渡したのだ。

花束を手に中野は、仏頂面などすっかり忘れたような、きょとんとした顔をしていた。

「ここまで花束が似合わないヤツもめずらしい」

すぐそばにいた森本が、笑いをかみ殺しながらささやいた。

「もう痛みはいいの？」

「うん、もうぜんぜん」

こめかみに小さな絆創膏を貼っているが、心配された後遺症もなく、森本は元気にしていた。会期中は毎日ギャラリーに顔を出していたそうで、最終日の今日は食事に出る暇もなかったと言って、会場の番はしばし中野に任せ、一緒に遅い昼食をとることになったのだ。

「誰も来てくれなかったらどうしようかと思ってたけど、割と忙しかったな。まさにケガの功名」

ギャラリーの外に出てから、こめかみの絆創膏をつつきながら森本が言った。

「中野さん、喜んでるんだよね？」

来場者を前にしても中野は、にこりともしていなかった。

「どうだろうな。本当に写真を見に来たのか、侵入事件につられて来たのか、簡単には判断出来ないと思ってるんだ」

「素直じゃないね」

「中野だからね」

言いながら、中野を真似て、眉間にしわを寄せてみせる。

「あ、そうだ、先生の服のすそが、写真に写ってなかったって件なんだけど」

「うん？」

「その日、先生がどんな服着てたか憶えてる？」

「どうだったかな……暑かったから、半袖だったとは思うけど……ごめん、ぜんぜん憶えてないや。倒れてるお父さんばっかり見てたから……」

「そうだよね。思い出させてごめん」

「ううん、それはいいんだけど、でもどうして？」

「もしかして、緑色の服だったんじゃないかと思ったんだ。冷蔵庫も緑色、背後の生け垣も緑色、地面は雑草だらけ。あの写真は緑色が多い。だから、『色飽和』が起こってたのかもしれない」

「色……何？」

「色が飽和するって書いて『色飽和』。これ以上色の違いを細かく描写出来ないって限界値がデジカメにはあって、そこを超えると限界値のまま、全部を同色で塗りつぶしたように表現してしまう。特に、明るい屋外で起こりやすい。天気、良かったんだよね？」

「そう。梅雨が明けてすぐで、暑くて、しかも午後の二時とか三時とか、そんな時間」

「やっぱり」

「でも、お天気が良くて明るいほど、きれいに写るんじゃないの？」

「そうとも限らない。暗い場所で色は見分けにくいけど、明るくしていくとだんだんと良く見えるようになる。でもどんどん明るくしていくと、今度は逆に見えにくくなる」

「ああ、確かに。まぶしいくらいになると、色なんて見えなくなる」

「照明環境を作るときも、『色飽和』には気を遣う。でも照明の場合は、人間の目が相手だ。物を見る仕組みがぜんぜん違うから、一概には比べられないけど、デジカメの限界は人間よりももっと低い。人間の目には見えてても、カメラが写し取ってくれるとは限らない。もちろん、カメラ自体の性能もある。あのとき中野が使ってたカメラは、高校入学のときにばあちゃんから買ってもらったものだから、今現在のものに比べるとずいぶん古い。中野自身の技術も、まだすごく高いってわけじゃなかったはずだ。加えて、『服のすそ』に気づくまで中野は、冷蔵庫を写すことしか考えてなかった。そのための露出調整しかしてなかったはずなんだ。少しだけ垂れてた『服のすそ』に、ピントが合ってたかどうかすら怪しい」

「つまり、冷蔵庫の色に同化しちゃってるってこと？　カメレオンみたいに」

「うん。どっちも同じ緑色だったとしたら、十分にあり得ると思う。それと、確かに見たはずなのに写ってないって思い込んだ一番大きな理由は、中野自身が、『服のすそ』は白っぽい地に花柄だったって記憶してるんだ」

「花柄……それはないと思う。由貴奈先生、柄のある服はほとんど着てなくて、無地の落ち着いた、ナチュラルな感じの服が多かった。それに、お父さんのお世話をしながらだったから、おしゃれな服じゃなくて、動きやすくて、汚れてもすぐ洗濯出来る、そんな服ばっかりだったと思う」

「完全に中野の記憶違いだとすると、探しても見つかるはずがない」

「でも、どうして花柄なの？」

「最初の記憶だ」

「……あ、死体が着ていた服？」

「そう。どこかの段階で、完全に記憶が置き換わったんだと思う。脳みそのメカニズムなんてよくわかんないけど、特殊な状況だったわけだし、より強烈な記憶が優先したって考えれば納得がいく気がする。先生の服は確かに見てるけど、熱を出して意識をなくしている間に、何年かぶりに思い出した花柄の服にすっかり置き換わった。中野自身がそれに気づいてないから、どんなに探しても先生の服は見つからなかった」

「確かに、人間の記憶はあやふやだって言うけど……でも中野さん、それで納得してる？」

「何かちゃんとした説明が出来るはずだって、中野とあれこれ話してるうちに、この結論に行き着いたんだ。それならあり得るかもしれないって、しぶしぶだけど、中野自身も言ってる。

先生は花柄の服を着ないって、日下さんの証言も加わればなおさらだ。もちろん、本当のところはもう確かめようがない。データとしての写真はあるけど、もともと写ってないとしたら、編集ソフトを使ったところでどうにもならないし」

それでも、あの冷蔵庫の中には由貴奈がいる。

由貴奈が入ったあとの写真をあえて選んだのは、由貴奈が入る前の冷蔵庫と比べて、明らかに何かが違って見えるからだ。これは大山も言っていることで、由貴奈が入ることによって、あの冷蔵庫はさらに存在感を増している。はっきり目に見えるものが、そこには何もないとしても。

「なんだか不思議。ちゃんと見えてるのに、正確に見てるとは限らない」

「うん。目に映るってことと、認識するってことの間に、何かもう一段階ある。記憶や感情や言葉……人間が物を見るってことは、もっとずっと複雑だ。だからこそ、面白いんだけどね」

また定食屋に行こうということになり、歩道を並んでぶらぶらと歩いていた。中野お気に入りの定食屋は、ギャラリーから歩いて十分もかからない。

五月が近づいているので、日差しが少し暑いくらいだ。

「ところでさ」

「うん？」

「写真展は今日が最終日だし、病院の影絵も、設置も調整ももう終わってるから、明日から日下さんに連絡する理由がないんだけど……用もないのに連絡したら、迷惑？」

前を見たまま森本が、ボソボソと口にする。

「ぜんぜん。わたしがするかも。用もないのに連絡」

「それ、無茶苦茶喜ぶ」

「素直だね」

「中野じゃないからね」

森本が楽しそうに笑ったので、わたしも一緒に笑った。

「……あのね」

立ち止まって、森本の背中を少し見てから口を開いた。

「小児科の音楽教室で、子どもたちにピアノを弾いてあげてるって言ったでしょ」

森本が振り向く。

「他の病棟から聴きに来てくれる患者さんたちも増えてて、いっそのこと院内コンサートを開いてみないかって言われてるの」

「コンサート？　なんだかすごいな、それ」

「でもずっと断ってた。ちゃんと習ってたのは中学までで、それからは独学だし、大勢の前で弾くなんて、発表会がせいぜいだったから」

「自信がない？」

「うん、ぜんぜんない。……でもね、やってみようかと思ってる」

美咲ちゃんはどうしたいんだ？

回れ右か？

大山に言われたことを、あれからずっと考えていたのだ。

森本と中野に出会って、目標に向かって黙々と進んでいる姿を目の当たりにした。思いがけず緑色の冷蔵庫と再会して、そこに由貴奈を感じて、中学生だった自分とあらためて向き合った。少しも進んでいないと、わたしは思ったのだ。モヤモヤとした思いは、自分自身に対するもどかしさだった。

「子どもたちもそうだけど、大人も、病気になると長い時間同じ場所にいるのは辛いし、同じ姿勢でいるのも辛い。きちんとしたコンサートには、なかなか行けなくなってしまう。でも病院なら、職員がずっと一緒にいられるから、みんな安心して音楽を楽しめると思う。車椅子でも大丈夫だし、横になったままでも構わない。子どもが泣き出したって気にしないし、途中でお手洗いに立ったってぜんぜん平気。そんな気の置けないコンサートなら、わたしにも出来るかもしれない」

「いいよ、それ。すごくいいと思う」

「ほんと？」

「うん。照明が必要なら任せて。カッコよくやって見せるから」

「ありがとう。でも、そんな大げさなことにはならないと思う。ドレスアップなんかもちろんしないいし、看護師姿のまま弾くんだよ、きっと」

「でも、ピアノはどうするの？」

「まだわからないけど、たぶんレンタルでお願いして、そのときだけロビーに運んでもらうんだと思う。あそこが一番広いから」

「詳しく決まったら教えて。絶対聴きに行く……あれ、部外者もいいの？」

「招待状送るよ」

笑いながら答えた。

わたしがずっとこだわって、大切にしてきたこと。

それは由貴奈との約束だ。

どうかピアノはこのまま、ずっと続けて欲しい。

でも由貴奈はわたしに、約束をして欲しかったわけではないだろう。今のまま、ずっとピアノを好きでいて。楽しんで。きっとそう言いたかったのだ。

あの頃のわたしは、ピアノを弾くことに妙な理由をつけていた。自分に自信がなくて、ピアノにも自信がなかったから、大好きだと素直に言えなかったのだ。でも由貴奈が弾くピアノを聴いたとき、面倒な理屈など全部どうでもよくなっていた。由貴奈のように弾きたいと、ただまっすぐに思った。

由貴奈といると本当に楽しかった。一緒にピアノを弾くことが、楽しくて仕方がなかったのだ。あなたはあなたらしいピアノを弾けばいいと、由貴奈はいつも言い続けてくれた。あの家で過ごした時間は、わたしにとってはとても大切な記憶だ。十年以上経った今も、何も変わらない。

由貴奈が教えてくれたことは、決してピアノだけではない。

あなたにとってそれはどんな出来事なのか、しっかり見て、感じ取って。

由貴奈の言葉は、わたしの体の中に溶け込んでいる。

わたしが弾くピアノを通して、由貴奈の言葉がまた誰かに伝わるなら、こんなに嬉しいことはない。

「ずっと肉だったから、今日は魚にするかなぁ」

角を曲がって、定食屋の看板が見えたので森本が言う。

「わたし、今日は絶対に揚げ物」

「唐揚げも旨いけど、クリームコロッケも絶品だし、アジフライも捨てられないんだ」

「うわ、迷うよ」

「違うの頼んで、半分こする？」

「うん、そうしよう」

森本が店の引き戸を開けた途端、揚げ油の香りが、おなかが鳴り出すほどに鼻を突いた。

そして再会

中野の写真展からひと月後、五月の末に、わたしの最初の院内コンサートは開かれた。広いロビーの真ん中に電子ピアノを運び込んでもらい、待合椅子を客席に見立てての会場になった。入院中の患者さんたちはもちろん、通院中の患者さんやご家族まで、たくさんの人が聴きに来てくれたのだ。車椅子あり、ストレッチャーありと、本当に、思い思いの姿勢で聴くコンサートになった。あらかじめリクエストを募っていて、そこから選んだ三曲を弾くと、広いロビーに拍手の音があふれた。拍手はなかなか鳴りやまず、さらに二曲追加して、合計五曲の演奏になった。弾き終えてお辞儀をした瞬間、これまで感じたこともないような温かな感覚で、わたしの内側が満たされたのだ。

嬉しかった。

ほら美咲ちゃん、あなたはやっぱりピアノが大好きなのよ。

由貴奈の声が聞こえるようだった。

あのとき大山が励ましてくれなかったら、わたしは何も出来ないと言い続けて、モヤモヤした気持ちをずっと抱えていたに違いない。

大山も森本も聴きに来てくれていて、五曲目が終わった直後に森本は、両手を高々と上げて、飛び上がるようにして拍手をしていたのだ。視界の隅で見えてしまい、笑いをこらえるのに苦労した。

「美咲ちゃん、次はうちのギャラリーで弾いてみないか?」

コンサートのあと、大山が真面目な顔で言った。

「展示室でコンサートをするんですか?」

「元は銭湯だからな。よく響いて、気持ちいいぞ」

「でもあの入り口から、どうやってピアノを運び込むんです?」

「……まあ、オルガンにするか?」

「よく響いて、パイプオルガンみたいな音になるかも」

森本と一緒に笑ったが、「いかにも銭湯なギャラリー」での音楽コンサートを、大山は真剣に考えているらしい。もしかしたら本当に、あの展示室の中で演奏をする日が来るかもしれない。

最初のコンサートの評判がずいぶんとよかったので、二度目のコンサートもすぐに決まった。

病院の都合にもよるのでどうしても不定期になるが、これからも出来る限り、院内コンサートを続けていこうということになったのだ。小児科の子どもたちも喜んでくれて、仕事をしているとよく、次のコンサートはいつかと尋ねられる。

クリスマスが近づく頃には、五回目のコンサートの準備を始めていた。

「あら、今回はずいぶん多いわねえ」

ロビーに置いたリクエストボックスから用紙を回収し、詰め所に持ち込むと、看護師長が目を丸くした。四回目からひと月も経っていないのに、用紙の量が倍近くになっていたのだ。

「大人気ねえ。こうなると、曲を決めるのも大変だわ」

「クリスマスのおかげもあると思いますけど、でも、嬉しい悲鳴です」

コンサートのたびに、演奏曲を決めるのが楽しみになっていた。子どもたちの好きな曲、大人の好きな曲。クラシックだけでなく、アニメや映画のテーマソングも弾く。

四回目のコンサートまでは電子ピアノだったが、五回目はグランドピアノを運んでもらえることが決まっていた。クリスマスコンサートになるので、病院側が奮発してくれるらしい。演奏曲数も、少し増やす予定だ。

せっかくだから、クラシックの曲を多くしようか。

考えながらリクエスト用紙を確認していると、中の一枚に、「洋上の小舟」とあってドキリとした。

　忘れもしない、由貴奈と初めて会った日、自転車を放り出してまで引き寄せられてしまった曲だ。さほど有名な曲ではないはずで、リクエストとして書かれていたのは初めてだった。まさかと思いつつも、小さな文字を見つめながら、予感めいたものがあったのは事実だ。

　クリスマスらしい飾り付けがされた華やかなロビーで、五回目の院内コンサートは開かれた。わたしは最後の曲に、迷わず「洋上の小舟」を選んだのだ。

　絶え間なく小舟を揺らす波と、今日までに過ぎた長い年月。重ねて思いながら、繊細な旋律をずっと弾き続けた。漂う小舟はわたし自身であり、そして由貴奈でもある。「佐伯由貴奈ピアノ教室」で過ごした時間が、わたしの頭の中にはっきりとよみがえっていた。

　狭い道が迷路のように入り組んだ、古くからの住宅地。

　自転車を止めてから、黒い金属製の門扉を開ける。玄関を入ってすぐ左が、ピアノが置かれた部屋だ。真っ白なレースのカーテンは、風が吹くといつも、ふわりと優しい香りがした。

　木目調のアップライトで弾くのは、最初は必ずチェルニー。そして次は、自分で選んだ好きな曲。わたしはラヴェルが好きで、いつもラヴェルばかり弾いていた。間違えてもつかえても、由貴奈は何も言わず、必ず一度、最後まで通して弾かせる。それから、細かな練習は始まる。

　発想記号の大切さ。

ピアノは、指先だけで弾くのではない。

感情を、いちいち言葉に置き換えてみること。

自分が弾く旋律に絡みつくようにして、由貴奈の言葉が聞こえてくる。

あの家で過ごした時間が、今のわたしを形作っているのだとわかる。自分で弾いた旋律が、わたし自身の中にまた染み込んでいく。

弾き終えて、深呼吸をしてから立ち上がった。ロビーに集まった人々の拍手にお辞儀をし、顔を上げると、そこに由貴奈の姿があった。

一瞬、記憶の中の由貴奈が現れたのかと思ったのだ。でも違う。

わたしの演奏を聴いて、微笑みながら拍手をしてくれている。

最後に会ってから十年以上が過ぎている。

でも絶対に、見間違うはずがない。

「ピアノ、続けてくれていたのね」

そばに立つと、かつてと変わらない様子で由貴奈は言った。六十歳近い年齢になっているはずだが、小柄で可愛らしいと感じたあの当時の印象が、まだそのまま残っている。

ただ、由貴奈は車椅子だった。

入院中なのだとすぐに気づいた。

「病室まで送ります」

「いいのよ、一人で帰れるわ。あなたには、あなたのお仕事があるでしょう」

「いいんです。押させてください」

小児科に戻らなければならないが、少しの時間でも構わないから、どうしても由貴奈と話したいと思った。

「叱られない？」

「叱られたら、すぐに謝ります」

車椅子を押しながら答えると、由貴奈が楽しげに笑う。

「素晴らしい演奏だったわ」

「でも、ピアノの道には進みませんでした」

「看護師さんになったのね。立派なお仕事だわ」

「ピアノ、ずっと一人で弾いていました。由貴奈先生が最後の先生です。だから、先生が教えてくれた通りに、いつも弾いていた」

「つまり、由貴奈先生より上手になってやるって、ずっと思ってくれてたってことね？」

「はい」

エレベーターに乗り込んで、あの頃と同じように二人で笑った。

そして由貴奈が押した階数ボタンを見て、わたしは言葉を失ってしまう。

最上階の五階は、ホスピス病棟だ。

「間違いなくこれが、最後のクリスマス」

「由貴奈先生……」

「この町にまた戻って来るなんて、思ってもいなかったのよ。でも、前に診察してくださったお医者様がね、この病院のホスピスに空きがあるって教えてくださって、最後に、生まれ育った町で過ごすのもいいかなって」

由貴奈がベッドに戻るのを手伝ってから、わたしは傍らの椅子に腰かけた。五階なので、窓からの見晴らしがいい。遠く連なる山々は、もうすっかり雪をかぶっている。

「運命なんて信じてないんだけど、あなたには、もう一度会えそうな気がしていたの。前回のコンサートのとき、直前に入院したから、すみっこからあなたの演奏を聴いていたのよ。ほら、やっぱり会えたって、とってもわくわくした」

「リクエスト用紙に『洋上の小舟』ってあって、びっくりしました。でもわたしも、もしかしたら由貴奈先生かもしれないって思った」

「迷ったのよ。『スカルボ』って書こうかしらって」

「そしたら、いたずらだと思って捨ててたと思います」

笑ったあとに、由貴奈が息をついた。どこかが痛むような、そんな息のつき方だ。

「大丈夫ですか？」

「もう慣れてるから」

「でも」

「心配しないで。それよりも、あなたとこうして話が出来て、本当に嬉しい。何より、あなたがピアノを続けてくれていた、それがとても嬉しいの。あんなことがあって、まだ十四歳だったあなたのこと、深く傷つけてしまったんじゃないかって、何度も思い返してたから」

「傷ついたりなんかしてません。あの家でピアノを習った日々が、わたしを成長させてくれたんだって思ってます。だから、由貴奈先生以外の先生なんて考えられなかった」

「誰にも習わずに、よく続けてきたわね」

「チェルニーさえあれば自分でやれるって思ったから。ネットを見れば、動画もたくさんあるし」

「そうね、チェルニーへのこだわりが、一番あなたらしかった」

「偏屈でした」

「あら、直ったの？」

「そんなことないって、言ってくれるかと思ったのに」

由貴奈の言葉に、わたしは苦笑してしまう。

「あんなふうに、修行のようにチェルニーを弾く子は初めてだったもの。でもだからこそ、あなたのピアノには、リズムやテンポにおかしな乱れがない。頭の中にメトロノームがあるみたいに。『古風なメヌエット』、最後まで一定のリズムで弾くのは大変なのに、あなたは見事にやりきった」

「由貴奈先生、ピアノは？」

「あれからずっと、またラウンジピアニストをしていたの。病気になって弾けなくなるまでずっと。だから、わたしにとってもあなたが最後の生徒よ」

由貴奈はそれから、自分自身について少し話してくれた。

ピアノ教室を開いていたあの家は、あのあとしばらくしてから取り壊して、更地にしてしまったこと。その後人手に渡り、その売買代金のおかげで、ラウンジピアニストとしての細々とした収入でも、今日まで生活してこられたこと。

「父の死は結局、事故死ってことで決着がついたのよ。何かの拍子に転んで、キッチンカウンターに強く頭を打ち付けた。わたしはずっと疑われていたけれど、わたしが殺したって証拠も、殺してないって証拠も、どちらも見つからなかったから」

でも噂は消えず、誰にも何も告げないまま、由貴奈はあの家をあとにした。

それからずっと、一人で暮らしていた。

「美咲ちゃんは今、いくつになったのかしら」

「少し前に、二十六歳になりました」

「ご結婚は？」

「まだ。でも、結婚してもいいかなって人と、今付き合っています」

「それは楽しみね」

「まだわかりません。わたしのことだから急に、ずっと一人でもいいやって思っちゃうかもしれないし」

「偏屈、そろそろ直したほうがいいかもね」

「考えておきます」

「看護師さんになったのはどうして？」

「高校生になる直前に東日本大震災があって、また同じようなことが起こったとき、何か出来る人になりたいと思ったから」

生きることが出来なかったたくさんの人たち。そして、悲しむたくさんの人たちをテレビで見ながら、あの夏の日、リビングで倒れていた由貴奈の父親の姿が重なった。生きているという当たり前の日常は、何の前触れもなしに、次の瞬間には終わってしまうかもしれない。そのときにまた、怖がってただ立ち尽くすのは絶対に嫌だと思った。

「あなたはとても優しい子だから、きっといい看護師さんなんでしょうね。本当に、よく似合っているわ」

わたしのナース姿をあらためて見て、由貴奈が目を細める。

「ピアノ、最初は小児科に入院してる子どもたちに弾いてあげてたんです。そのうちに、他の病棟からも患者さんが聴きに来てくださるようになって、いっそのこと院内コンサートにしてしまおうかって」

「素敵なことよね。音楽はいつもそうやって、人の心に寄り添えるから」

「ピアノが弾けて本当によかったって、コンサートのたびに思います」

ここにいてもいい理由。

わたしと由貴奈の中で、ひっそりと共通していた思い。ピアノはわたしたちにとって、どうしても必要な支えだった。

でも由貴奈の父親は、それをどこまで理解していたのか。

あの日、父親が倒れているのを見つけたわたしは、ただ怖くて、ピアノを弾くことすら出来ずにいた。毎日弾いていたのに、そんなことは初めてだった。でも両親は、ピアノのことなど気づいてもいない様子だった。わたしがどうしているのか、泣いていないか、うなされていないか、そればかり気にしていた。だからわたしは、初めて気づくことが出来たのだ。

わたし自身が、両親にとっては「ここにいてもいい理由」そのものだったのだと。だからこそ、どんなに仕事が忙しくても、一緒にいたいと思ってくれていたのだと。あなたがここにいてくれるだけでいい。いつだって、両親の中にはその言葉があった。

でも由貴奈は、思いやりのない父親の言葉に触れるたび、一人孤独を募らせていた。冷蔵庫の中に入って、耳をふさいでいたいと願うほどに。

年を取って、記憶があいまいになった父親となら、もう一度何とかやっていけるかもしれない。そう考えて、あの頃由貴奈は希望をつないでいた。でも父親は、記憶があいまいになってもなお、娘の過去だけは忘れずにいた。娘に対する不必要なまでの厳しさが、させていたことだったのかもしれない。

優しさがなかったわけではないのだ。花壇をたくさん作って、亡くなった母親のために花を植えていた。レッスンを終えたわたしのために、門扉を開けて、何度も見送ってくれた。あの優しさの何分の一かでも、何故娘の由貴奈に向けることが出来なかったのか。

ほんの一言で構わないから、父親からの優しい言葉を、由貴奈は待ち続けていたのに。

孤独の内側に入り込んでしまえば、もう孤独を感じることはないはずだと由貴奈は考えた。冷蔵庫の中に閉じ込められた、小学生だったあの日から、ずっと考え続けていた。

最初から一人きりならと。

「もしあなたに会えたら、話さなきゃと思っていたのよ。……美咲ちゃん、わたし本当はあの日、父が倒れていることに気づいていたの。気づいていたのに、一人で逃げ出した。だからわたしが……」

「次のコンサートのときも、またリクエストをしてください」

言いかけた由貴奈の言葉を、わたしは遮った。

佐伯由貴奈ピアノ教室。

古びた木の看板がかかったあの門は、もうどこにもない。アップライトが置かれていた部屋も、父親が倒れていたリビングも、もうどこにも存在しない。

あの緑色の冷蔵庫も、中野の写真の中にしかもう存在しないはずだ。

それでも今、わたしと由貴奈はこうして向き合っている。

十年以上の時間が流れて、消えるべきものは消え、残るべきものだけが残った。だとしたら、消えてしまったもののことなどもうどうでもいい。

わたしの中にずっと変わらずにあった大切なものは、由貴奈にとっても大切なものだった。だからこそわたしたちは、こうしてまた会うことが出来たのだ。

ピアノの調律を確かめようと、由貴奈が「洋上の小舟」を弾き始めた。そのときわたしが、自転車に乗って通りかかった。わたしの耳に、それまで聞いたこともなかった音として、由貴奈が弾くピアノの旋律は飛び込んできたのだ。そしてわたしは、思い切りブレーキを握り込んだ。

わたしたちの中に共通していた思いが、あの瞬間を作り出したのかもしれないと、ときどき考えていた。

「これから、何度でもリクエストをしてください」

「何度もは、もう無理よ」

由貴奈の目から、涙がこぼれた。

「それでも書いてください。わたしは最後の一曲を必ず、由貴奈先生のために弾きます」

もう二度と話せない、笑えない、悲しむことさえ出来ない人のために、心から悲しむということ。

その大切さを教えてくれたのも、由貴奈だと思っている。

「わたしがずっとそばにいます。もう先生を一人にしたりしない」

「……ありがとう、美咲ちゃん」

わたしはこれから、由貴奈のために悲しむだろう。

そのために、今日という日は用意されていたのだ。

以前よりもずっと細く、弾力のなくなってしまった由貴奈の手に、わたしは手を重ねた。

後奏

「どうかこのまま、ずっとピアノを好きでいて」
その人は最後、小さな声でそう言った。
弱くて浅い呼吸が何度か続いて、消えるように、その呼吸も聞こえなくなった。
それでもわたしの中に、言葉は深く刻み込まれたのだ。
わたしの中の、忘れてはいけない言葉が集まる場所に、深く深く刻み込まれた。
言葉はいつも約束で、道しるべでもある。
だからわたしは、残された言葉を頼りにピアノを弾く。
あなたらしく。
願いはいつも変わらずに、わたしの言葉で繰り返される。
わたしらしく。
ずっと、わたしの旋律で繰り返される。

本書は書き下ろしです。

冷蔵庫《れいぞうこ》のように孤独《こどく》に

二〇二四年四月二十日　印刷
二〇二四年四月二十五日　発行

著者　村《むら》木《き》美《み》涼《すず》
発行者　早川　浩
発行所　株式会社　早川書房
郵便番号　一〇一 - 〇〇四六
東京都千代田区神田多町二ノ二
電話　〇三 - 三二五二 - 三一一一
振替　〇〇一六〇 - 三 - 四七七九九
https://www.hayakawa-online.co.jp
定価はカバーに表示してあります

印刷・星野精版印刷株式会社　製本・大口製本印刷株式会社

ISBN978-4-15-210324-6 C0093

乱丁・落丁本は小社制作部宛お送り下さい。
送料小社負担にてお取りかえいたします。